Walter Fröhlich

So isch worre

bim Wafrö

Viel Spass
Ihr
Walter Fröhlich

Verlag Stadler

Inhaltsverzeichnis

So isch worre 5
Sylveschter 1999 7
S Johr 2000 9
Coaching 12
Warmduscher 14
Stirnlappe 16
Gschwätzt am See-TV* 18
Kanada-Dialekt 19
Die nei Filusofii 21
Schmeckt s dr? 23
Dipfele-Zipfele 25
Sofi 27
St. Josef 29
Valentinstag 31
Katzetreue 34
Schutzengel 36
Wetterfühlig 39
I hons jo kumme säeh 41
Artischocke 43
Schaufänschter-Krankheit 45
De kopflose Bräutigam 47
Versuchung 49
Vip & Vup 51
Schneckennudle 53
Langfrischtig 55
Kabelfernsäeh* 57
Sportwahn 59
Glutaeus maximus 61
De Akquisitör 63
Kommunikazion 66
S Inserateschpiel 68
Fernsäehfasnet 70
De Schtehempfang* 73
Führerschein 75
It agschnallt 77
Im Kaufhaus 79
Heit tue i nint! 81

It gern schaffe	83
Schprudl	85
Kultur*	87
Neandertaler	89
S Goethe-Hirn	91
Poschtmoderne	93
Leithammel	95
De Goggele	97
Einstein	99
Badenser	101
»Smile«	103
Er wird 70*	105
Schittschtei	108
S Schalterle	110
Bim OBI	112
Des gschissne Schloß	114
Lokus-Kultur	116
Beate Uhse 1	119
Beate Uhse 2	122
Sipi + Stepi	124
Sie wird 60*	126
Wenn de im Compjuter bisch	129
»Ein noch älterer« Herr	131
E-Mail	133
Compjuter-Virus	135
S Adapterle	137
Advent 1999	139
Russemusig	142
Neue Maßstäbe	144
D Schueh raa	146
Depression	148
De Leichemaa	150
De Hellerer	152
LKW-Hänger	154
Roseverkäufer	156
Törichte Jungfrauen	158

* Gedichte

So isch worre

Mein Verleger hot mi gfrogt, wa mei neu's Buech fir en Titel ho soll, no hon i wie us de Pischtol gschosse gmont, des Buech möß heiße »SO ISCH WORRE«. Etz hot der zersch mol de Kopf gschittlet und behauptet, des sei doch kon Titel fir ä Buech, des dät jo kon Mensch verschtoh, des sei jo »keine Aussage«, des sei de letschte Bledsinn. Denn honi zerscht mol möße Aufklärungsarbeit leischte und hon ihm erklärt, daß uf kon Fall en andere Titel in Frog kummt, suscht dät i grad mine Manuskript wieder mit hom näeh. Etz hot er gmont, i sei en schture Bock, und er sei noch wie vor dere Meinung, daß des kon Buechtitel sei, sondern Bledsinn, aber i hon mit minere Aufklärungsarbeit gwunne, weil er zum Schluß doch hot eisäeh möße, daß der Titel »SO ISCH WORRE« gar it so schlecht wär. Siehsch, honi zunem gset, SO ISCH WORRE, daß Leut wie du, wo do ufgwaxe sind, unsere Schproch vum Hegau und am See nimme verschtond.

SO ISCH WORRE, daß unsere Kinder scho im Kindergarte und ersch recht i de erschte Klass numme ihren Dialekt schwätze derfed. I de meischte Familie, wo au nu ä ganz glei weng moned, daß sie scho zu de Bessere ghöred, »da spricht man nach der Schrift«. SO ISCH WORRE, daß unsere Türkekinder, unsere Italienerle und die kläne Portugiese unsern schäne Dialekt schwätzed, weil se den uf de Gass glernt hond.

Aber wa feine Leut sind, die halted nix vu de Gass, denn Gass isch »Gosse!« Mer sott vielleicht mol ibersetze, wa des heiße soll, SO ISCH WORRE, falls ebber des neue Buech i d Händ griegt, wo vu unserm Dialekt absolut ko Ahnung hot. SO ISCH WORRE heißt nix anders, als »So ist es geworden«. Vielleicht hett mer schreibe möße, SO ISCHES WORRE, aber die echte Alemanne wared, sind und bliibed maulfaul und kürzed ab bim Schwätze, wo's nu grad goht.

Mer kännt WORRE au mit om »R« schriibe, aber denn lesed die meischte wieder »WOOREE«, und äbe grad des honi vermeide welle. SO ISCH WORRE baßt buechschtäblich uf all's. SO ISCH WORRE, daß mer bald iberhaupt numme Deutsch schwätzt, sondern meglichscht nu no Englisch. Vielleicht wär's am beschte, wenn mer dem neue Buech glei en englische Titel gäb. Aber ibersetz mol SO ISCH WORRE is Englisch. Do gäb's doch nu ei Lösung, nämlich »SUCH IS LIFE«. So isch halt s Läbe, wie d Engländer kurz und bündig saged. Wenn mir saged SO ISCH WORRE, no moned mir eigentlich s gliich, denn egal wa kumme isch und wie's kumme isch, mir känned's meischtens it ändere, denn so isches etz halt worre.

Vielleicht klingt des ä bitzele resigniert, aber des mont mer nu. Mir saged au SO ISCH WORRE, wenn mir ebbes gmacht hond, wo uns total verreckt isch. No entschuldiged mir uns it, sondern saged eifach trotzig SO ISCH WORRE. Des gilt au fir mei neu's Buech. Ob de Inhalt gfallt oder it gfallt: SO ISCH WORRE.

Sylveschter 1999

Mir kas eigentlich egal sei, wie andere Leit Silveschter und Neujohr feiered, i mach sowieso, wa i will, und it des, wa mer etz grad macht, weils etz grad Mode isch.

Mer ka aber doch mol dribert schwätze, mer schwätzt jo iber des und sell, warum und wieso soll mer denn it au mol iber Silveschter schwätze, etz grad, wo des ko gwähnlichs Silveschter ischt, weil it nu ä neus Johr afangt, sondern au ä neus Johrhundert und sogar ä neus Johrtaused. Mer hot so s Gfihl, als kännt me etz grad d Menschheit i zwei Hälftene eiteile. Die ei Hälfte woß it, wa se alls no aschtelle sott, vor luter Ibermuet. S giit jo näene meh ä Hotel oder ä Wirtschaft, wos no ä Plätzle giit, zum des Silveschter feiere.

Do kaufed se Feierwerk fir vill Geld und fir a Millennium-Menü ischene nint zvill. Nu jo, warum au it, wenn ses hond, no solled se de Glotter nu usehaue. Die wered au ko Sekund dra denke, daß fascht zwei Drittel uf dere Kugel nie satt wered und daß die zwei Drittel Kohldampf schiebed, des hot scho wengle dodemit ztue, daß mir nume wissed, ob mer de Kaviar fresse solled, oder obs besser wär, wemmer uns ä Klischtier us Kaviar mache sotted. Vill denked sowieso, noch uns die Sindflut, und zudem isches jo no lang ko Sind, wemer mol a dem bedeitende Silveschter so richtig uf de Putz haut. Ibrigens und wenns ä Sind wär, no wößmer doch als guete Katholik, daß mit dem Silveschter ä heiligs

Johr beginnt, do ka mer mit dem verschprochene Ablaß en Hufe wieder grad biege. Etz die ander Hälfte vu de Menschheit um uns rum, die schießt sich vor luter Angscht etz grad i d' Hose, weil nämlich aller Wahrscheinlichkeit i dere Neujohrsnacht d Welt undergoht. Die oene moned, daß etz sellem Noschtradamus sine Profezeiunge eitreffed, und die andere glaubed, daß die Schlacht am Harmagedon usbricht, wo denn die Posaune ertöned und alls iberenand keit und wo die Guete vu de Schläechte gschide wäred.

Etz wemmer jo sich ä Lebe lang zu de Guete zellt hot, no ka mer sich doch uf den Weltundergang nu freie. Weil aber au die Guete, sogar die Sauguete, ä schlächts Gwisse hond, mond se vor lauter Angscht alle paar Schtund d Underwesch wexle und, des ka denn scho weng läschtig sei. Etz wemmer mi froge dät, wa i und die Mei, wa mir a Silveschter mached, no däted mir zwei sage, s gliich wie alle Johr. Mer gucked weng, ob i de Glotze ä schäs Konzert kummt, mached ä guets Fläschle off und wemer müed wered, no gomer is Bett, au wenns no kone zwelfe isch.

Des neue Millennium kummt vunelei, ob mir etz uf sind, oder ob mir schlofed. Wenns uns im neue Johr so goht, wie im alte, no simer hoch zfriede. S isch aber wahrhaftig it allene guet gange, wemmer a die Kataschtrofe denkt, wo iber d Welt kumme sind und selle, wo de Mensch se ber gmacht hot. Au des Johrhundert, wo im All verschwindet, hot firchtig Dreck am Schtecke ghet. Ob aber de Mensch i dem neue Millennium besser wird, also wenn i do driber nochdenk, no gang i am beschte a Silveschter glei is Nescht. I winsch aber allene, wo des lesed, fir 2000 Xundheit a Seel und Leib – de Rescht machemer wie all Johr selber!

S Johr 2000

Eigentlich sott des jeder wisse, wäge wa mir etz im Johr 2000 sind. Wenn mir Mohammedaner wäred, Jude oder Buddhischte, no hettet mer ä andere Zeitrechnung, aber weil mir »Chrischte« sind; homer noch de chrischtliche Zeitrechnung äbe s Johr 2000, des bedeitet, daß es etz grad zweitaused Johr her isch, daß seller Chrischtus in Bethlehem uf d Welt kumme isch. Des isch aber saumäßig kompliziert. Erschtens hot sich en Mönch bi dere Zeitrechnung verrechnet, und zwar um ugfähr siebe Johr. Aber des isch eigentlich egal. Uf sechs oder siebe Johr meh oder weniger kummt's it a, ime Zeitraum vu zweitaused. Zweitens kummed die schlichte Chrischte mit de chrischtliche Wisseschaftler i Konflikt, weil selle de Meinung sind, daß Jesus it in Bethlehem, sondern z Nazareth uf d Welt kumme sei.
Im übrige sei er ersch zum Chrischtus wore noch sim Tod und de Auferschtehung. Alle die Sache schtond i de gschiide Büecher und do schtoht no vill vill meh. Des mit de Jungfrauegeburt sei en Mythos und ko gschichtliche Tatsach, und en Mythos isch ä »Erzählung« ä Sage, als en simbolische Ausdruck, vu beschtimmte Urerläbnis vu beschtimmte Völker zu beschtimmte Zeite!« En Mythos isch also it verloge, sondern d Wohret ufere andere Ebene. Drittens sind mir kone Chrischte meh, sondern heißed nu no so, wäge dere chrischtliche Zeitrechnung. S giit nadierlich scho no Chri-

schte, aber s giit all weniger, weil die Alte schterbed und die Junge andere Sache im Kopf hond, als des Chrischtetum.

Etz schreibed se iberall i allene Illuschtrierte, daß des Chrischtetum usschtirbt und daß des, wa die chrischtliche Kirche zweitaused Johr verzellt hond, daß des sowieso kaum meh ebber glaubt, weil's meh oder weniger en Schwindel isch. Gott sei sowieso dot und de Chrischtegott ersch recht. Des komische a dere Zeitschtrömung isch nu des, daß se sich all no mit dem Chrischtetum beschäftiged, obwohl's doch ausschtirbt und eigentlich Bledsinn isch. De kasch etz grad jede Illuschtrierte ufschlage; de findsch en Ufsatz iber a chrischtlichs Thema.

Die selle Blätter, wo s Chrischtetum sowieso uf de Latt hond, die schreibed am allermeischte driber. I kännt mi kaputtlache, wenn se etz seitelange Ufsätz abdrucked, zum Beischpiel mit dem Titel »3000 Jahre nach Moses, 2000 Jahre nach Christus, wo ist die Moral?«. Denn jommered se die Gscheidele, iber zeh Seite weg, weil unsere Gsellschaft moralisch total us em Rueder grote isch. Denn kummt no en Ufsatz iber »Leitplanken der Moral«, aber do froged se it de Schef vu de Weltbank, nei do froged se de Hans Küng. Denn spotted se no ime Ufsatz iber d Engel und schtelled fescht, daß en Hufe Leut no a de Schutzengel glaubed. Ufs Mol isch so a Illuschtrierte, wo om beweise will, daß des Chrischtetum i de letschte Züg liit, knallvoll vu luter Artikel wo sich mit dem Chrischtetum beschäftigt.

Solang mer sich aber so fescht mit ebbes beschäftigt, wo angäblich i de letschte Züg liit, ka des Thema doch garit i de letschte Züg liege, im Gegeteil. I denk do halt immer, wenn ebbes im Schterbe liit, no lond's doch schterbe, wäge wa beschäftiged ihr eu denn no so intensiv demit? Menkmol honi so de Idruck, als ob etz grad im Johr 2000 des Chrischtetum anschtatt am untergoh, saumäßig aktuell isch. Vor allem scho deswäge, weil se allmählich dehinder kummed, daß'ne d Moral de Bach rab goht, daß es de Sau graust und daß se mit ihrene moderne Winschelruete ums Verrecke kone »neuen Werte« finded. S ka scho sei, daß vill a dem Chrischtetum »out« isch, aber wa de sell Nazarener prediget hot, wäge dem des Chrischtetum in Gang kumme isch, des isch etz grad, noch 2000 Johr saumäßig »in«!

Coaching

Manchmol hot mer plötzlich ä Idee, wie mer sim Ehepartner, also i mim Fall de Frau, ä Freud mache kännt und denn schtellt sich raus, daß der Schuß hinde naus goht. Anschtatt din Ehepartner ä Freud hot, weil du ihm hosch ä Freid mache welle, isch uf omol wie us heiterem Himmel de Deifel los und wie sogar. I war wieder mol als Mundartschwätzer, als Maul-Art-ischt, also Maulkinschtler underwegs, binere mordsmäßig feine Gsellschaft, wo s Nachtesse fascht so vill koscht, wie en neue Anzug. Vor mim Vortrag hot aber no en andere Vortrag schtattgfunde, und zwar hot do ebber gschwätzt iber »Lebenserfolg durch Coaching«. Des Coaching isch nix anders als Träning und daß de Mensch meh Erfolg im Läbe hot, do ka mern i some Kurs träniere, und des isch denn ä »VIP-Seminar«. I däne Zeite vu Veränderunge durch Fusione und so Zeigs, sind nadierlich Fleiß, Power und en volle Einsatz zwar Voraussetzunge, aber de Erfolg erreicht mer ersch durch ä gewisse Gelasseheit, und i some Seminar lernt mer, wie mer sich besser i die Balance bringt. Do gibts also ä Lebenserfolg-Coaching, Redeträning, Führungs-Coaching und ä Train the Trainer Coaching. Glück im Privatläbe bringt nämlich au Erfolg im Beruf, und de Erfolg sei sexy und dät die Lebensluscht fördere, isch bi dem Vortrag verzellt wore, und do honi denkt, des wär doch mol ä echts Gschenk fir die Mei, wenn i se i so en Kurs fir Peak-Performance schicke dät. Nadierlich dät i die 800 Mark selber zahle. I woß zwar it mit wa, aber des dät i scho anegriege. Wenn die Mei mol alles erfahre dät, über »die Wirkung von Stimme und Körpersprache«, wenn se lerne dät, ihre »Träume in erreichbare Ziele zu verwandeln«, des wär mir die 800 Mark Kursgebühr wert. Also honi noch dem Vortrag mir en Schtoß Proschpekt i mei Mundart-Köfferle tue und hon denkt, do ka i etz mol die Mei richtig überrasche, zumal se sich die »Kick-Off-Coachings« terminemäßig selber usesueche ka. Hälinge honi mir nadierlich scho vorgschtellt, wie des wär, wenn i etz uf mine alte Täg ane no so ä richtige Power-Frau kriege dät, wo die »sieben Schlüssel zur Gelassenheit« kennt und en klare Kopf b'haltet in stürmischen Zeiten. Ä Frau mit »Mut zur Veränderung,« wo mit allen Sinnen zum Erfolg strebt, weil de Erfolg äbe sexy isch und die Zukunft weiblich. Am näkschte Morge honi ihre alle die Proschpekt uf de Frühstücktisch glegt und hon dezue gsagt, schau wie i geschtern Obed a dich denkt hon, bi dem Vortrag iber ä neue Karriere bi dem Coaching. Wa monsch etz du dezue, wenn i dir so en Kurs zahle und dich uf so ä Seminar über »Glück im Privatleben« ge Frankfurt schicke dät? Etz honi druf gwartet, daß mir die Mei um de Hals fallt und ä Freudeträne rennt ere iber s Gsichtle, aber s isch alles andersch kumme, als wie i mir die Sach vorgschtellt hon. Also, i möcht etz it a die groß Glocke hänge, wa i mir hon alles anhöre mösse, aber s war wie en Hagelschlag ine Obstplantasch. Nie meh im Läbe bring i Proschpekt iber Charakterbildung und Lebens- und Erfolgshilfe hom. »Gang doch du«, hotts gheiße, und des mach i etz grad z' leid ersch recht it, weil i glaub, daß Sie a mim Charakterbild zweiflet und mont, daß i Lebens- und Erfolgshilfe nötig hett. Woni die Proschpekt is Altpapier gworfe hon, do isch mers durch de Kopf gschosse, ob I mi it doch selber zu dem Kurs amelde sott, wo mer Gelassenheit lerne ka. Aber I hon mer denn denkt, halt s Mul und spar dir die 800 Mark.

Warmduscher

Also wenn i mol ehrlich bi, no moß i scho sage, daß i ganz froh bi, daß unsere Kinder scho erwachse sind, denn wenn se i de heitige Zeit no Teenager wäred, no däted mir se kaum no verschtoh, die Mei und i, so hot sich d Schproch vu de Jugend veränderet. Fir uns war en Anzug halt en Anzug, aber fir die Junge isch etz en Anzug a Ganzkörpertätowierung, wo me lauter Tattoos uf de Haut hot, vu une bis obe, und ä Tattoo isch früener ä Tätowierung gsi, wo sich d Männer hond en Anker uf de Oberarm inebrenne loo, aber heit isch des die »dauerhafte Kunst am Körper«. Früener war on, wo so Zeig uf de Bruscht und uf de Ärm ghet hot, gsellschaftlich gsäne weng en Außeseiter, aber etz grad brucht on kon Outcast sei, wenner sich i some Tattoo-Studio miteme Shader oder Liner inke oder pike loot.

Des duet zwar weh, aber dodefir hebt die Kunscht am Körper ä Läbe lang, und wenn se je mol verblasse dät, no ka mer jo en Touchup mache, no isch des Tattoo wieder ufgfrischt. Ibrigens isch des Tätowiere ko reine Männersach meh, und wemmer mol sonere Girlie-Band zuelueget und zueloset, no sieht mer deitlich, daß die Mädele au scho Tattoos a de Ärm, a de Schultere und meischtens no dert hond, wo de Tanga die gröschte Fläche freigibt. Wemmer sich it i sone Schtudio traut, no ka mer so kläne Tattoo-Zeiche au ufkläbe. Des hot de Vorteil, daß mer se wieder wegmache ka, wemmer zum Beischpiel de Lover wechslet und de

Newcomer kon Bock uf Tätowierung hot und Mädle mit Tattoos fir galaktisch gaga haltet, aber wa so en coole Skater us de Hip-Hop-Szene isch, dem gfallt ä Tank-Girl besser als so ä softy Sissi, weil ä Tank-Girl äbe »unangepaßt, frech und unberechenbar« gege herrschende Schtrukture aakämpft. So langweilige Mädletype moß en echte Edgy, wo it i de Mainstream paßt, zum Abturne bringe, daß er beizeite de Abflug macht, wo er denkt hot, daß der Obed ä Event wäre kännt, wo vielleicht sogar ime One-Night-Stand ende kännt. Etz selle Sorte möged die meischte Girlie it eso, aber en Eso möged se au it, also on, wo dauernd uf em esoterische Trip isch. Er sott aber au kon Hunk, kon unsympathische Idiot und scho glei garit horny, also nix als scharf, sei. Mit däne Hobbyangler, wo me früener Playboy dezue gset hot, hot au ä coole Keule nix am Huet. Am beschte bisch als Mädle heit bedient mit eme Homie, also miteme Homeboy. Des isch en verläßliche Freund, mit dem mer gemeinsam rumhänge ka.

Nu wenn sie denn mit ihm i d Lounge goht, also i des separate Chill-out-area, und er mont, des sei etz die Aufrißzone, no ka sich am End rausstelle, daß der Kerle doch ä Assel isch, wo am End primitiv rüber kummt und mont, er möß etz sofort blank zieh. Denn nix wie die Connection schleunigscht abbreche, is Auto hocke und weng cruise, umenandfahre, bis sich de Fruscht glegt hot. En guete Tip isch e neu Date, meglichscht miteme Grufti, also om iber dreißg, wo it andauernd de Hang-out hot und obedrei no en Schizo isch, wo zu dem Date garit kummt, weil er total dated war. Sie hond's schwer, die Mädele vu heit. S giit jo fascht nu no Weicheier und Warmduscher, wo om mit ihrer Logorrhoe zueföhned. Wo sind denn die coole Type? S hot doch nu no Badkappeträger, Nasehoorschneider, Sitzpinkler, Streichelzoobesucher, Zweifingertipper und Zahnarztspritzebettler. Do hond se scho recht ghet, bi de letschte Wahle.

Stirnlappe

Do honi scho lang druf gwartet, und etz simmer endlich soweit. Ä Forscherteam hot Hirnschtrukture fir »generelle Intelligenz« lokalisiert. Mer hot etz also selle Regione im Hirn gfunde, wo aktiviert wered, wenn »hohe Intelligenz«. gforderet war. Do isch nämlich ime Zentrum vum Stirnlappe vum Großhirn ä bsunders schtarke Durchblutung uftrete. Also woß mer etz, wo d Intelligenz sitzt, nämlich dert, wo ä schtarke Durchblutung uftritt, wenn en intelligente Mensch fescht iber ebbes nochdenkt. Des isch en bedeitende Fortschritt vu de Wisseschaft; denn bisher hot mer zwar gwißt, daß de Mensch ä Hirn hot, aber it wo d Intelligenz hockt, nämlich ime ganz beschtimmte Teil vum Stirnlappe vum Großhirn.

S giit jo ä landläufige Meinung, wo aanimmt, daß vill Leut gar ko Hirn hond, und die Meinung isch falsch. Jeder Mensch hot ä Hirn, nu wissed vill it, zu wa se des Hirn hond. Weil se zum Beischpiel nu bi Föhn a ihre Hirn erinneret wered, wenn se s Kopfweh grieged. Selle aber, wo alleweil en schtark durchbluetete Stirnlappe vum Großhirn hond, des sind äbe die, wo sich vu unsereins schtark underscheided, des sind die intelligente Mensche. Des bedeitet also, daß no lang it jeder, wo gschied doherschwätzt, en intelligente Mensch sei moß, des sagt no garnix. Wenn oner tagtäglich en Hufe Schießdreck verzellt, no ka des trotzdem en intelligente Mensch sei, wenn sein Stirnlappe vum Großhirn fescht durchbluetet isch. Do moß mer in Zukunft firchtig ufbasse, weil mer grad etz i dere Zeit, wo mir läbed, scho lang nime underscheide ka, wa gscheids Gschwätz und wa Schießdreckgschwätz isch.

Also, wenn i do mol ehrlich bin, i kumm scho lang nime drus. Do hocksch ime Vortrag vume Professer, zum Beischpiel iber Kunscht in der Gegenwart, und der schwätzt so gscheid doher, daß unsereins it en onzige Satz verschtoht. Etz isch des äbe die Frog, ob min Stirnlappe im Großhirn wieder mol liederlich durchbluetet isch, weil i eifach bleder bin wie die selle, wo zu de geischtige Elite ghöred, zu de Erleuchtete, zu de Begnadete, wo en Stirnlappe hond, wie en Kucheschurz so groß.

No gang i amel total deprimiert hom, hock mi ine Eck und blättere weng i om vu mine Kunschtbänd. Des beruhigt mi meischtens, aber denn schleicht sich wieder der verdammte Zweifel i mei Hirn, ob's nämlich it sei kännt, daß dem Herr Professer sin Stirnlappe garit durchbluetet war, daß des nu s Hirnwasser gsi isch, wo im Großhirn rumgeizlet. Kännt's it am End sei, daß au en Herr Professer Schießdreck verzellt und daß die Elite gar ko Elite isch, sondern nu so duet, als ob se Elite wär. Die nicked viellicht bloß mit em Kopf, damit die Blede moned, die däted zu de Gschiide ghöre. S goht mer it nu mit de Kunscht so, 's goht mer fascht immer so, wenn mir en ganz Gschiide klarmache will, wa fir ein schlichtes Gemüt i bin. I war scho alleweil weng en mißtrauische Mensch gegeniber sellere Sorte, wo Sache verschtond, wo andere Leit i verschtond, it verschtoh känned, weil se it zu de Elite ghöred, sondern zu de Masse und grad heut, wo mir massehaft Elitene hond, do moß mer vorsichtig sei. »Zeig mir dein durchbluetete Stirnlappe vu deim Großhirn«, dät i oft gern zu sellere oder zu sellem sage, aber des ka der doch it. Drum isch die Entdeckung zum Zentrum vu de Intelligenz bis uf weiteres en Flop.

Gschwätzt am See-TV

S wered all Tag efange no meh,
wo nume so schwätzed, wie mir schwätzed am See.

Als Seehas bisch efange doch völllg am Aasch,
wenn it Schriftdeitsch, vor allem aber Englisch it kaasch!

S goht gar nume lang, und der Zeitpunkt isch do,
do wird d Sproch um de See rum kon Mensch meh verschtoh.

Mer hört's doch all Tag und höre ka's Jeder;
etz losed doch, schtimmt's it, s wird wirklich all bleder!

Um de See rum isch d Schproch total am Vergammle,
drum tue i die alte Wörter no sammle

und schwätz, wie's do schwätzt und vor allem, i schreib!
Des isch halt mei Hobby, min Zeitvertreib.

I mach's eifach fir mi, aber au halt fir d Schproch,
's giit scho vill Leit am See, die greifed denoch.

Und des macht mir fir des, wa i mach, wengle Muet, wenn ebbs tuesch, wo en Sinn hot, des duet om doch guet...

Kanada-Dialekt

Homweh hot mer eigentlich nu, wemmer vu dohom furt isch. Die junge Johrgäng mond do lache, wenn se des Wort Homweh höret. Wenn de jung bisch, isch's vill z'eng dohom. Obwohl mir rings um unser Städtle im Monat so um die 150 und meh Veranschtaltunge hond, isch bi uns »nix los«, und des vor allem deswäge, weil it all Tag a jedem Eck ä Techno-Party schtattfindet. Wenn se denn dusse sind, i de weite Welt, und sie kummed so langsam i d Vierzger Jährle, no kummt so ä Gfihl iber se, wo se manchmol a dohom denked, und des isch de Afang vum Homweh.

Mer kriegt au weng Homweh noch de Schproch, noch em heimische Dialekt und wenn de beischpielsweis in Kanada läbsch und selte Deutsch hörsch, no regsch de uf, wenn de des verhunzte Deutsch hörsch, wo all Tag minder wird, und vill Leit merked's it emol. Etz hot mir ä Frau us Kanada usere deutsche Zeitung, wo in Kanada erscheint, ä Gedichtle zue kumme loo. Des honi uf alemannisch ibersetzt und nu ä ganz klei weng veränderet, damit's wieder schtimmt. Des sotted alle unsere Dialekt-Freund doch au lese, honi denkt und hon's do ufgschriebe:

Wie Räge uf die Dächer bieslet, so wirsch uf englisch heit berieslet. / Am Fernsäeh und im Radio, hörsch heit, des macht di gar it froh / vu songs, top-hits fir twens und teens, vu oldies, sounds und evergreens. / Bim power play de keeper halt, de girls und boys die show it gfallt./ Vor allem d Werbung, die duet's schätze und meglichscht nu no englisch schwätze / und au mei guete alte Zeitung, tragt fleißig au bei, zur Verbreitung. / Des Anti-Deutsch mir dry und pop, insider, meeting, soft und shop. Mit instant, hi-fi, happy, liner, mit trouble, dressing, look, designer. / De jet-set sich im night-club aalt, und unsereins im Center zahlt. Noch jedem Satz heißt's heit O.K., des duet om i de Ohre weh. / Ä Musik giit's it, des heißt band, my country isch mei Vaterländ. / Im underground de Dealer läbt, de Fixer high uf Wolke schwäbt. / Des moß de Babbe heit verschtoh, wenn d Mamme will weng shopping go. / Und wenn se hom kummt, schnuft er schwer, ja hosch scho wieder neie hair? / Do aber mont sei Mamme laut, i will hip sei, in it Out! / Und sie mont denn au no cool, black sei nume beautiful. / Wo de na gucksch, goht's so weiter, mit rap und rave und inline-skater. / Mer könnt jo menkmol scho weng lache, bim Piercing tond se Löchle mache, / a d Auge, Nase und as Muul, sie findet's au no wonderful. / De Michael isch heit de Mike, a Fahrrad etz ä City-bike. / Mit dem fahrt er etz every year, mit seim Baby, that's my dear, / zum Black-Forest, des isch klar, wa früener mol de Schwarzwald war. / Und do strampled se sich ab, als ging's zum Competition-Cup. / Goht's no weng zue, uf sotte Weise, no schwätzt mer s Deutsche nu no leise / und 's goht denn sicher nume lang, schwätzt alles nu no Ami-slang / Des dät, des sott mer mol kapiere, de Franzose nie passiere. Au in England, gucked nooch, pfleged se mit Sorgfalt d Schproch In Sache Schproch sind andre schtur, nu mir verschlampe d'Schproch-Kultur!

Di nei Filusofii

Wie me heit efange mit de Wörter Schindlueder treibt, des goht uf ko Kuehhaut. Des Wort »Kultur« hot mit allem z'tued, nu nix mit kultiviert, en Freund isch on, mit dem me is Bett goht, und Liebe blüeht ersch richtig uf mit'ere Schachtel Viagra. Etz grad sind se mitte dinne und murksed den Begriff »Philosophie« grindlich ab. Bi de alte Grieche war de »Philosophos« de Freund vu de Weisheit und seit em Sokrates und em Plato isch en Filosof en Mensch, wo noch de letschte Weisheit suecht, noch em Grund, warum alles isch, wa isch, wo alles herkummt, zu wa alles do isch, wa isch, und wo ane alles goht, wa isch.

S klingt nadierlich au saumäßig guet, wemmer vu me Mensch behauptet, er sei en Filosof. Dodemit will mer eigentlich nix anders sage, als er sei en gschiide Kerle, wo weng meh im Kopf hot als Tabelle vu de Bundesliga. Wa Filosofie eigentlich isch, des woß heit so guet wie fascht niemerd meh. Weil des Wort aber so mordsmäßig gscheid klingt, reißt sich des i de letschte Zeit vor allem d Werbung under de Nagel. Jeder Mensch, wo etz grad fir ä paar Monat en Hoselade off macht, und nochdem er pleite isch, wieder zue macht, der hot sei »Philosophie!«

Etz wered ä paar wieder lache und sage, wie ka mer mit eme Hoselade ä Filosofie hon. Des frog i mi als au, aber des ka'mer. Nadierlich mon i etz it de Hoselade anere Maane-Hose, nei i mon ä Herre-Bekleidungs-Gschäft. S ka au ä

Dame-Bekleidungs-Gschäft sei, uf alle Fäll hond die heitige Mode-Gschäfter ä Filosofie, und die erkläred se i ihrene Werbeproschpekt. Während früener die Filosofie die Froge noch de letschte Weisheit gsi isch, isch heit Filosofie die Frog, wa mer fir en Anzug, oder wa me fir en Fummel aazieht. Nume des in uns isch Filosofie, sondern des a uns und um uns rum. Drum hond au d Autohäuser ä Filosofie, und wer des it glaubt, der soll mol Proschpekt iber verschiedene Automarke hole.

Scho d Farb vu däne Kärre isch ä Filosofie fir sich und ersch recht s Lenkrad, s Armaturebrett und de Schalthebel. Ä bsundere Filosofie isch de Sound, wo us em Radio kummt und nadierlich s Fahrgefühl. Ä Filosofie isch de Inhalt vum Kofferraum, de Ärbäg vu allene Seite und vor allem s Getriebe. Ob sechs Zilinder oder nu vier isch ä Frog vu de Filosofie, it nu vom Geldbeitel. Alls, wa Geld koschst, sogar s Benzin und s Öl, razebutz alls isch ä Filosofie, nu de Mensch isch kon Filosof meh, sondern schtudiert Philosophie im Hoselade und bim Kauf vumene Auto.

Wenn i als Rasierklinge kauf, no schenked mir die schäne, frisch gschtrichene Mädle i de Kosmetik-Abteilung ab und zue mol ä Pröble, und des leer i denn meischtens glei a mi naa. No frogt mi denn die Mei: »Wa hosch wieder fir one troffe, daß de drei Meter geg de Wind schmecksch?« Sie ka au sage »schtinksch«, aber meischtens set se schmecksch. Uf mim letschte Pröble isch die Filosofie vu dem Schmeckerle gschtande und hot gheiße: »Das Geheimnis neuer Männlichkeit! Ein emotionaler Mann strahlt Kraft aus. Er vertraut auf sein Gefühl. Mut schöpft er aus der Tiefe seiner Seele. Mit unerbittlicher Leidenschaft erobert er die Welt und verzaubert sie.« Woni des glese ghet hon, no war i mir uf de Schtell wieder mol klar, wer und wa ich als Maa eigentlich bin. Des einzig Blede a dere Filosofie isch nu des, daß mer se nu schmeckt, aber suscht leider it merkt...

Schmeckt s dr?

Wie koschtbar om ebbes isch, merked mir ersch, wemmers nime hond. De Mensch isch scho weng ä komischs Tierle. Er gwähnt sich a nix schneller, als a des, wa ihm aagnähm isch. A des, wa uns it eso gfallt, gwähned mir uns it eso schnell. Ons vu de beschte Beischpiel isch d Liebe. Solang mer i ebber verschosse isch, aber it sicher isch, ob der au i om verschosse isch, solang me no um d Liebe kämpfe moß, solang isch die Sach heiß und am Koche. Wemmer aber des Gfihl hot, mer hett en etz, de ander, no loht de Zug scho weng noch, a dem Gummiband, wo om mit em andere zämme hebt. S giit nadierlich die große Liebe, wo ä Läbe lang hebed und so frisch bliebd, wie am Afang, aber die sind selte. Me moß nu ame Sunntig mol ine Lokal ge z Mittagesse go und die Ehepäärle weng beobachte, wo so um om rum hocked. Wie däne s Glick us de Auge schtrahlt, wenn se enand gegeniber hocked, und konns schwätzt mit em andere, bis Sie denn des Schweige bricht und Ihn frogt, »wosch scho, wa de witt?« Nochere kläne Weile set Er denn »naa!« S ka sei, daß Er denn frogt, »witt au ä Bier?« Denn setzt Sie den Dialog furt, indem Sie au mont »na!«

Uf ä langs Schweige, während beide essed, frogt Sie denn fascht weng zärtlich »schmecktsdr?« Er aber schpiert vu dere Zärtlichkeit nint und antwortet mit »s duet's!« So duetses so lang, bis ame schäne Tag de Hausarzt zu de Frau ime ernschtre Ton set »Frau Schächtele, mer sott schnell operiere, s isch ebbes Bösartigs«. Des ka denn der Punkt sei, wo des Gummiband zwische dene zwei wieder uf omol Zug kriegt, weil Ihm uf omol klar wird, daß es am End sei kännt, daß die Sei mol pletzlich nume do wär, und äbe des isch der Punkt. Wenn uns ebbes us de Händ rutsche will oder sogar us de Händ gnumme wird oder us de Händ keit, a wa mir uns gwähnt hond, no merkt unsereiner ersch wieder, wie koschtbar om des eigentlich isch. S Schlimmscht, wa om passiere ka, isch denn des, daß mer ufs mol elei isch, weil's ander nume do isch. Wie oft hot Sie ä Wuet packt, wenn Se Ihn gfrogt hot »schmecktsdr« und Er hot nu vor sich ane bruttlet »s duet's«.

Wie oft hot Sie druf gwartet, daß der Simpel nu ä onzigs Mol zunere sage dät »wosch, bi Dir schmeckt's mer alleweil!« Etz schmeckt Ihm nint meh, weil Er gschtorbe isch. S isch schnell mitem gange, aber etz ischer halt nume do. Sie ka nume froge, »schmecktsdr« und Er ka it emol meh sage »s duet's«. Sie, d Frau Schächtele, hot neilich en Bsuech bi uns gmacht, und Sie hot weng brieket. Er hett all nu »s duet's« zunere gset, wenn se Ihn gfrogt het, »schmecktsdr« und des hett se oft fuchsteifelswild gmacht, aber etz dät Er äbe gar nint meh sage, und die Obed seied so lang, und Er sei nume um se rum, und des elei sei, des sei ebbes Firchtigs, und nachts dät se oft denke, i war halt au manchmol weng wüescht zunem … Wie koschtbar om ebbes isch, merked mir manchmol ersch, wemmer's nume hond.

Dipfele-Zipfele

De Dienscht am alemannische Wort wo unsereins mont, mer möß en leischte, der fihrt gottsname halt nu mol iber die Muetter-Schproch-Gsellschaft, und vu dere giit's en Hufe Ableger oder Zweigschtelle im ganze badische Ländle. Uns Dialekt- oder Mundart-Schreiber holed se all wieder mol a de Radio oder i alle megliche Städtle und Dörfer im ganze Gäu, wo mir denn us unserne Mundart-Büechle vorlese sotted. Geschtern zum Beischpiel bin i z'Nacht ume eins efange hom kumme, weil i in Nordbaden oemeds wieder mol glese hon. Meischtens kummed bi sottige Veranschtaltunge so schtucke zwanzg Wiiber uf on Maa. S isch ganz selte mol ä Blonde oder ä Schwarze drunter, meischtens nu Grau und am allermeischte Silber. Mer sind also ganz under uns. Wenn denn so en See-Hegau-Alemanne wi i ge Villinge, Lörrach, Freiburg oder nuf gege Karlsrueh kummt, do freied sich die Muetterschpröchler, aber d Muetterschpröchlerinne freied sich no meh, und s' entwicklet sich sofort ä Gschpräch, wo meischtens so abläuft, wie des heit Nacht, dobe i dem Nordbaden.

Schä, daß Sie do sind, Herr Wafrö! Neilich homer Sie wieder im Radio gheert, z'Ravensburg mit sellem Zipfele. I hon denn glei berichtigt und gmont, des war it z'Ravensburg, sondern z'Meersburg, und de sell wo debei war, des war it de Zipfele sondern de Hepperle. Ibrigens heißt der it Zipfele sondern Karle Dipfele, aber in Wirklichkeit heißt er Helmut Faßnacht und isch en Konschtanzer. Uf des Schtichwort Fasnacht hond se denn gmont, die Fraule: Ah, des isch de sell, wo a de Fasnacht im Fernsäeh die Schwobe-Witzle macht! Etz isch es allmählich kompliziert wore, des Gschpräch, und i hon wieder korrigiere müeße: Nei de sell mit de Schwobewitzle a de Fasnacht isch de Alfred Heizmann, und der isch sogar en Schwob! Denn singt der amel sell Liedle mit dem Hundele, wo all halb Stundele? Nei des singt de Dipfele, wo Faßnacht heißt, und der wo amel mit em Hepperle us Ravensburg uftrete isch! Etz hond mir all gmont, Sie seied mit em Hepperle z'Ravensburg uftrete! Nei z'Ravensburg isch niemerd uftrete, sondern de Hepperle und i sind zamme z'Meersburg uftrete, im alte Schloß! Ha des honi a Fronleichnam im S 4 ghört, hot denn ä Fraule gset, und die ander hot gmont, des hett i etz au it denkt, daß Sie a Fronleichnam uftreted, ja war des bi de Prozession? Nei des war am Sunntig devor im alte Schloß, aber gsendet worde isches a Fronleichnam und it während de Prozession, sondern z'Mittag ume z'welfe. Gell do hond Sie doch des Gschichtle glese vum Reschtle seim Fäschtle? Nei, des hot de Hepperle glese und i hon die Gschicht mit em Grille vortrage! Ja beim Reschtle seim Fäschtle hond Sie aber au grillt! Nadierlich hot's bei mir und bim Hepperle grillt, aber des wared verschiedene Gschichtle! Ja, etz hond mir alleweil denkt, ihr däted am Radio lese und etz grilled ihr! War i froh, wo i hon endlich känne afange lese, mi mached sottige Gschpräch all so müed.

Sofi

Die letscht vu de sogenannte Eisheilige: Pankraz, Servaz und Bonifaz isch die »kalt Sophie«. Die hond ihre Namensfäscht Mitte Mai. Und weil's do nachts nomol gfriere ka, saged se zu däne »Eisheilige«. Selle Sophie derf mer noch de neie Schreibweis au mit »f« also Sofi schriibe, aber heit woß fascht niemerd meh, wer die kalt Sofi war. Sofi isch etz millionefach bekannt als Abkirzung vu Sonnenfinsternis, und die homer etz grad in Europa erläbt und d Mensche sind zum Teil schier uusgraschtet. Nu weil sich de Mond direkt vor d Sunne gschobe hot, und des au nu fir anderthalb Minute, hond die oene denkt, d Welt goht under, 's tei ä großes Uglick kumme. Aber die meischte hond sich schpezielle Sunnefinschternisbrille kauft und sind kilometerweit gfahre oder gloffe oder sind eifach vor s Hus gschtande und hond glueget, bis mer nu no die schwarz Schiibe gsäne hot, oder au nint gsäne hot, wäge de Wolke.
S isch pletzlich Nacht wore, am helllichte Tag, und des war scho ebbes ganz Bsunders. Die oene hond brüelet, gjohlet und durch d Finger pfiffe vor Begeischterung, aber vill sind au schtill und nochdenklich wore, bi dere Sunnefinschternis, bi dere Sofi. Vill, vill Mensche wared eifach ergriffe, aber unendlich vill wared it ergriffe, weil se nix begriffe hond und all wieder mol hot en Reporter im Fernsäeh erklärt, daß es augeblicklich küehl, jo direkt weng kalt wore isch, wo d Sunne total verdeckt war und 's isch finschter gsi. Do giit's en Zämmehang zwische de kalte Sofi und dere Sofi, wo mer erläbt hond.

Bi de kalte Sofi ka's nomol Froscht gäe, und bi dere Sofi wird's augeblicklich küehl oder kalt, wenn de Mond direkt vor de Sunne schtoht. Wenn de Mond vor de Sunne schtoht, wird's dunkel und kälter. Wenn de Mensch im andere Mensch vor de Sunne schtoht, goht's genau gliich. Dauernd schtoht irgendwo uf de Welt en Teil vu de Menschheit im andere Teil vor de Sunne, mit dem Ergäbnis, daß es bi dem andere Teil finschter und kalt wird. Unsereins liest des denn i de Zeitung oder hört's im Radio oder siehts im Fernsäher. Denn langt mer sich a de Kopf und bruttlet vor sich na, wäge wa känned au die Mensche it friedlich mitenand läbe, moß eifach alleweil ons im andere vor d Sunne schtoh, wo doch die Sunne fir alle scheine, fir alle hell gäe und alle gwärme sott. Wäge wa des so isch, des isch aber au klar. Wenn de Vadder de Mamme oder umkehrt, wenn d Kind vor de Eltere oder umkehrt vor d Sunne schtohnd, no goht des wiiter. Oe Familie de andere, oe Partei de andere, oe Firma de andere, oe Stadt de andere, oe Land im andere, oe Religion de andere und so wiiter, daß es ums Verrecke nie richtig hell wäre ka uf dem lächerliche Planetle. Des enand vor de Sunne-Schtoh macht halt in Gotts Name kalt uf dem kläne Kügele, vu dem mir a dere Sofi wieder mol gmerkt hond, wa mir fir ä Sandkörnle im Universum sind. Des schpühre hot manche ergriffe gmacht. Wenn die näkscht Sofi bi uns kummt, schriibt mer s Johr 2081 und so sind sogar die meischte vu de hütige Teenis nume do! Fir vill Sofi-Gucker war des eifach nu ä komisches, fir andere wieder war's ä kosmisches Ereignis und i glaub, daß i am 15. Mai anno 2000, am Fäscht vu de »kalte Sofi«, nomol wieder dra denk, wie küehl's wore isch, wo bi de Sofi anno Nünenünzg de Mond vor de Sunne gschtande isch. Viellicht fallt mer denn bi dere Glägeheit wieder mol ei, wem i etz grad vor de Sunne schtand …

St. Josef

Wenn unser Schriftdeutsch schwätzendes Enkele als wieder mol en Tag und ä Nacht bi uns isch, weil Vati und Mutti oemeds eiglade sind, und wenn denn unser Enkele Opi zu mir set, anschtatt Opa, no woß i scho vu vornerei, daß etz it nu ä Frog kummt, sondern daß er etz au no ebbes will, wo er it genau woß, ob er des kriegt oder it. So wars au wieder mol, wo am Obed im Fernsäeh ä Fueßballschpiel ibertrage wore isch. Ko gwähnlichs Fueßballschpiel, sondern ä Länderschpiel, wo Deutschland gege Türkei kickt hot.

»Opi, darf ich heut abend Fußball schauen«, hot er gfrogt, de Enkel, und weller Opa kännt i some Fall sage: »Nana, Büeble, des isch z'schpot fir dii, du mosch beizeite is Bettle, daß de morge usgschlofe hosch.« Nadierlich derf unser Enkele des Länderschpiel aluege, d Oma und de Opa gucked au mit. Ä Mordsfreid hot er ghet, wo mer ihm des verkindet hot, aber denn isch wieder die Frogerei losgange: »Opa, kennst du die Aufstellung unserer Nationalmannschaft«, hot er wisse welle und i hon ihm wahrheitsgemäß sage känne, daß i se it kenn, die nazionale Ufschtellung. I hon ihm klar gmacht, daß i no de Fritz Walter kenn, de Uwe Seeler, de Radenkovic und de Beckebauer. Jo, de Lothar Matthäus kenn i au no, honi treuherzig vezellt, aber den kenn i nu us de Illustrierte. Unserm Enkele isch s Gsichtle entgleist, so war er enttäuscht vu dere Antwort.

Us dere dief enttäuschte Kinderseel isches buechschtäblich usebroche: »Ja kennst du den Bierhoff nicht, den Linke und Ziege, den Scholl, den Hamann und den Schneider? Weißt du nicht, wie unser Nationaltrainer heißt?« Alle Näme vu de Nazionalmannschaft hot er ufzellt, einschließlich de Ersatzleut, jo, sogar vu de Türke hot er fascht alle Näme gwißt. Aber i hon sage möße, daß i eifach leider kon vu däne kenn, ußer dem Lothar, vu de Heftle bim Frisör. Ä bitzele fassungslos hot er nu gmont, »Opa, das find ich aber mehr als schwach!« Ob mer mir des glaubt oder nicht glaubt, des hot mich richtiggehend gwurmt.

Bisher hot min Enkel ä verhältnismäßig hohe Meinung vu sim Opa ghet, und etz soll i total i sinere Achtung abschtirze, bloß weil i mi fir Fueßball it intressier und drum die Näme vu däne Kicker it kenn. S isch mer wieder mol nu s Bledschte eigfalle, wa en Opa i sonere Situazion mache ka, i hon'en mit mim Lieblingsthema konfrontiere welle und hon zunem gset »Jo jo, Simonle, d Fueßballer känsch du alle, aber wer de heilige Josef war, des wosch wahrscheinlich it!«

Prompt isch d Antwort kumme vum Enkele: »Doch, weiß ich, wer der heilige Josef war, das hab ich in Reli gelernt! Den hat seine Mami in einem Körbchen im Schilf versteckt, und eine Königin hat ihn gerettet!« Etz war i am Lächle und hon nu gmont: »Beinah Simonle, des war it ganz de heilige Josef, sondern de Moses. De heilige Josef war de Vadder vum Jesuskind!« Etz hot sich die Mei eigschalte und mi korrigiert. De Josef sei de Nährvadder gsi und it de Vadder! Denn hot unser Enkele gfrogt: »Opa, was ist ein Nährvater?« Etz hon i aber schleinigscht des Thema abboge und bin wieder uf sei Lieblingsthema gjuckt. I hon nu ganz scheinheilig gfrogt: »Ja, etz sag emol, Simonle, schpillt heit Obed de Fritz Walter it mit und de Uwe Seeler au it, ha des isch etz aber mol schad!«

Valentinstag

S wird alleweil wieder mol behauptet, 's gäb ko Liebe meh zwische de Mensche, und sottige Behauptunge sind de reinschte Bledsinn. S isch grad ä Woch rum, do war de »Valentinstag«, und des isch bekanntlich de Tag vu de Verliebte und Verlobte. Do war mei Tageszeitung so voller Liebe, daß es om schier schwindlig wore isch. Wer richtig verliebt isch, der zeigt des dem oder der Geliebten, indem er ä Anzeig i Zeitung setzt, aber ä Anzeig, wo nu Er oder Sie kapiert, wer demit gmont isch, und dodezue bedient mer sich inere bsundere Schproch, de Schproch äbe vu de Verliebte.
Do schickt en »liebender Bär« en Gruß a sei »geliebtes Mäuschen«, und ä »Engelchen« grüeßt sin »Schnucki«. Näbedra denkt s »Muckele« a ihren »Märchenprinz« und ä »freche Nudel« a de »Schnuckiputz«. Wenn en »Schatz« sei »Schatzimaus« liebt und de »Schnuffi« sei »Zuckerschnecke«, no isch ä gwähnliche »Maus« und ä »Spatzl« eigentlich scho weng z'wenig. S wird aber wieder richtig interessant bim Grueß vum »Schlumpf« a sei »Schlumpfine«, oder wenn sell »Honigbärchen« sim »Wuscheltier« ewige Liebe bescheinigt. Der »Bär«, wo sein »Tiger« vermißt, dem goht's wie sellere »Schnarchelkatz«, wo gern bim »Muckelmäusle« wär, wobei i mi allerdings gfrogt hon, ob des it wieder mol en Druckfehler war, weil's am End viellicht doch ehnder »Nuckelmäusle« hett heiße solle.

Uf alle Fäll liebt sich's, daß mer neidisch wäre ka, bsunders ime Alter, wo die Mei sich ehnder umbringe wett, als daß sie zu mir mol »Schatzimaus« oder au nu »Schnuckiputz« sage dät, wobei i gern zuegib, daß i die Mei au nime »mein Engelchen« heiß und au it »Honigbärle!« Ä Freid a däne Liebesgrueß zum Valentinstag i de Zeitung homer aber trotzdem alle beide.

Daß der Valentinstag de Tag fir alle Verliebte isch, des kummt vu Amerika, weil se dert den Tag ganz groß feiered. D Amerikaner moned nämlich, daß a dem Tag d Vögel Hochzeit mached, und wenn Vegel Hochziit mached, no schnäbled se, und Verliebte schnäbled bekanntlich au. Daß mer sich a dem Tag Blueme schenkt, des hanget do demit zemme, daß am 14. Februar en heilige Mönch gfeieret wird, vu dem mer nix genaus woß, ußer daß er allene Lüt, wo a sinere Mönchszelle vorbeigloffe sind, Blüemle gschenkt hot. Wie gsagt, vu dem heilige Mönch woß mer so guet wie garnint, aber am 14. Februar wäred no drei andere heilige Valentin gfeieret.

Zwä devu sind die richtige Valentin vum Valentinstag. I de Legende hond sich die drei weng vermischt und i de Kunschtgeschichte au. De Bayerische Valentin war en Wanderbischof, der isch um 470 z Meran gschtorbe, und sine Knoche sind 761 noch Passau ibertrage wore. Er wird am 7. Januar gfeieret, aber äbe au am 14. Februar. A dem Tag isch des kirchliche Fäscht vum Bischof Valentin vu Terni, und der hot in Rom den verkrüpplete Sohn vume Craton gheilt.

No hot der Craton sich mit seim ganze Hus bekehrt, und dodefir hot de Kaiser dem Valentin de Kopf abhaue losse. De andere heilige Valentin vum gliiche Tag war en gwöhnliche Pfarrer und hot ä blind's Mädele gheilt. Mer hot'en um 280 au köpft i de Chrischteverfolgung. I de Kunscht zeigt mer de oene mit eme verkripplete Mensch zu sine Füeß und de ander mit em Kopf i de Hand. Beide sind Patron vu de Bienezüchter und s Volk hot früener zunene betet, gege Fallsucht und Gicht.

Etz wieso us däne heilige Märtyrer de Heilige fir alle Verliebte wore isch, des hanget wahrscheinlich dodemit zämme, daß mer on vu däne Valentin abbildet mit sim Kopf i de Händ. Verliebte seied weng kopflos, wird behauptet, und Psychologe saged zu de Verliebtheit »hormonales Irresein«. I find des wüescht, weil's doch nix Schäners giit, als wäge de Liebe sin Kopf verliere. Do wird ä Sandra zunere »Schatzimaus« und en Heiko zume »Tiger« a seim »Nuckelmäusle«, ha wenn des ko Liebe isch ...

Katzetreue

So ä richtige, echte Freundschaft zwische zwei Männer oder zwei Fraue isch ebbes Koschtbars und heit scho weng us de Mode kumme. Freund oder Freundin hot etz grad meischtens ä andere Bedeitung, weil's sich do um ä Beziehung vu zwei verschiedene Gschlächter handlet. So ä gschlächtsverschiedene Freundschaft ka aber au ebbes ganz Koschtbars sei und mer findet se it nu under de Mensche, mer ka se au erläbe under zwei Viehcher. Etz isch unsere Katz scho zwei Johr dot, und die Mei und i erinneret se nu a dem Foto ufem Vertiko. Mer hond kone meh hertue, und seither schtreicht uns am Morge nix meh um d Füeß. Etz hot unsere Katz ä Freundin ghet, des war die Katz vunere Frau vum Haus hinder unserm Haus.

Mer moß glei dezue sage, daß unsere Katz en Kater und die Katz vu dere Frau ä Kätzin war. Unsern Kater war kaschtriert und die Kätzin, also die Freundin vu unserm Kater, die war schterelisiert, wie se do umenand saged. In Sachen sexuälle Kontakte isch sozusage nix meh gloffe. Des isch au de Grund, wägewarum die Mei und i zu de Katz vu dere Frau »Freundin« gset hond und unsern »Kaka«, also de kaschtrierte Kater, des war de »Freund«. Wie lang die Freundschaft zwische däne beide scho gange isch, woß i nume, 's war jedefalls zwei oder drei Johr. Alle Morge isch d Freundin vor de Glastüre uf unsere Veranda ghockt und hot i de Kuche glueget, ob de Freund it bald kummt.

Nochem Morgeesse ischer use, de Kaka, und denn hond die zwei aber en Schpaß mitenand ghet, daß sogar die Mei und i Schpaß dra ghet hond. Fangis hond se meischtens

gmacht und sind im Garte umenandgsauet wie verruckt. Mol hot sie sich duckt und er isch denn uf se zue grennt, donn hot er sich duckt und sie isch ufen zuegschosse, und des hot känne schtundelang so zuegoh. Wenn de Herr Kaka denn müed war und ko Luscht meh ghet hot, no ischer langewägs abgläge, und sie isch vor ihm dane ghockt. Er isch denn zum Fresse kumme und sie hindedrei, aber a sin Teller hot er sie it glosse. Wa er ibrig glo hot, des hot sie denn fresse derfe. Meischtens wared se aber zamme, er und sie, unsern Kater und sei Freundin.
Er isch denn gschtorbe, unsern Kater, er hot ä reschpektables Alter ghet. Sie, sei Freundin, isch ä Weile nime kumme, aber zmol isch se wieder uf em Balkon vor de gläserne Kuchetür ghockt und hot uns aglueget, als ob se sage wett, »wo ischer au, min Freund?« Etz, wo se all elei uf dere Veranda gsesse isch, a dem Platz, wo se johrelang ufen gwartet hot, bis der Herr geruht hot, sich ihr zuzuwenden, etz hond mir zmol gmerkt, daß die Freundin uf om Aug blind war, nei blind isch, denn sie lebt jo no und kunnt all wieder a unsere Kuchetüre. Sie hebt de Kopf schräg ane und guckt uns mit om Aug a. Mir hond so s Gfihl, des Aug dät froge.
Mer moß no dezue sage, daß des Schüssele vu unserm Kater all no uf de Veranda schtoht und mir tond alle Tag weng ebbes nei, weil nachts au andere Katze kummed, wo genau wissed, daß es do ä Zwischemahlzeit giit. D Freundin frißt all nu ä ganz klei weng devu, als ob se de Rescht ihrem Freund losse mecht. Des moß mer sich mol iberlege. Zwei Johr nochem Tod vu unserm Kater kummt se all no ge luege, ob er it doch eines Tages wieder us de Kuchetüre kunnt, daß se mit ihm Fangis mache kännt. Ka mer etz i some Fall it mit Fug und Recht sage, daß des ä »treue Freundin« isch, oder hot de Mensch Treue und Freundschaft nu ganz elei fir sich pachtet. I mon halt all, do kännted sich manche ä Beischpiel dra näe ...

Schutzengel

I de letschte Ziit honi mir all wieder mol iber d Schutzengel Gedanke gmacht, aber 's isch ä alte Tatsach, daß wenn de Mensch sich ibers Iberirdische Gedanke macht, daß er denn meischtens uf' ganz komische Gedanke kummt.
Jessesna, wa hond Mensche sich scho de Kopf zerbroche, iber des, wa iber de Welt isch, wo mer früener agnumme hot, iber de Welt sei de Himmel. Wemmer alle die Büecher ufenand schtaple kännt, wo vum Iberirdische handled, des gäb ä Loetere höcher als uf de Mond. Mer derf sich scho Gedanke mache, iber sell, wa iber uns use goht. Mer derf nu it glaube, daß die Gedanke, wo mer sich do macht, daß des die absolut richtige Gedanke wäred.
Drum bin i mir au driber im Klare, daß alls des, wa i iber d Schutzengel nochdenkt hon, daß des ganz eiseitige Gedanke, also nu mine Gedanke sind, und no lang it d Gedanke vu andere Lüt, wo se am See »Leit« saged. Wemmer nu mol dra denkt, wa die Schutzengel alls verhindered, wane ne uf de andere Siite aber alls durch d Lappe goht, do känntsch grad verruckt were. S isch do so, daß alleweil wenn ebbes bassiert, wo aber nix bassiert isch, daß mir do saged, aber der oder die sell hot en Schutzengel ghet. Etz wa isch wieder des, daß ebbes bassiert und s isch nix bassiert? Ganz eifach: mer baut en Unfall mit em Fahrrad, mit em Moped oder mit em Auto und s Fahrrad isch hi, s Moped kaputt oder s Auto

hot Totalschade, aber dene Besitzer vu däne Fahrzeug isch bi dem Unfall nix bassiert, no saged mir, der oder die hot aber en Schutzengel ghet.

Etz bassiert aber bi dem Unfall ime andere Verkehrsteilnähmer ebbes, 's wird bi some Unfall ebber iberfahre, hot etz der, wo uf de Schtroß liege bliebt, hot etz der oder die kon Schutzengel ghet, oder hot däne ihren Schutzengel gschlofe, it ufbaßt, oder war mit ebber anderem beschäftigt? Mir sind iberhaupt schnell bi de Hand, wenn vu uns ebber wieder gsund wird, dass mir saged: »De Herrgott hots guet gmont mitem oder mitere!« Und wa isch mit sellene, wo im gliiche Krankezimmer schterbe, wo gliich alt oder sogar no weng jünger wared und die gliich Kranket ghet hond? Hots mit däne de Herrgott it guet gmont, nu bi uns? Do känt mer grad verruckt wäre, wemmer do weng länger driber nochdenkt. Mer hot efters des Gfihl, als däted die Schutzengel grad mache, wa se wänd. Mer moß aber au gerecht sei und dra denke, daß se's au saumäßig schwer hond, die Schutzengel.

Do fahred vier Auto uf vier verschiedene Schtroße ufenand zue und kon vu däne Autolenker hot de Kopf bi de Sach. Die vier Schtroße fihred nämlich alle uf on Platz, und wenn kon vu däne Fahrer ufbaßt, no knalled uf dem Platz alle vier ufenand nuf. Alle vier hond aber en Schutzengel. Etz glepfts uf dem Platz, wo alle vier ufenand treffed und zämmeschtoßed. On Fahrer schteigt us em Karre, dem hots nint gmacht, nu de Karre isch hii. De Zweit hot ä Gehirnerschütterung, der ka nime usschteige, de Dritt hot beide Ärm broche und de Viert isch eiklemmt, do woß me garit, wa dem bassiert isch. Wie hond etz do die vier Schutzengel funkzioniert, und vor allem, wa schwätzed die noch dem Unfall mitenand, des dät mi eigentlich intressiere.

Also mindeschtens on vu däne Schutzengel hot doch gsäh, wie die ufenenand zuefahred, s giit doch kone blinde

Schutzengel! Andererseits ka i mir aber au it denke, daß die vier Schutzengel noch dem Unfall mitenard Krach griegt hond, weil jeder zum andere gset hot: »Ha du bisch etz aber au ä ...«. Des isch garit meglich, weil Ergel doch kone wüeschte Wörter sage derfed. I dem Punkt sind mir besser dra wie d Schutzengel. I profozier min Schutzengel aber au it. I hon en Ufkläber am Auto: »Fahr nie schneller, als wie din Schutzengel fliege ka!«

Wetterfühlig

Uf die Frog, »sind Sie wetterfühlig« mößted vill Lüt eigentlich sage: »Naa, i bi nu grätig, wenn's Wetter it schä isch.« Etz soll bloß kon kumme und sage, des sei en Bledsinn und Er oder Sie sei it vum Wetter abhängig, wa die seelische Grundschtimmung oder eifach nu die ganz normale Laune betrifft. S isch aber au scho weng ebbes dra, daß bi uns de Summer meischtens kon räete Summer isch und de Winter kon räete Winter. Des isch doch de Grund, wägewarum im Summer so vill dert ane flieged, wo alleweil oder meischtens d Sunne scheint. Wenn se denn im Winter no ge Schifahre wänd und 's hot näene niene kon Schnee, no sackt bi manche d Laune abe bis is Hosefidle. Wenn etz ebber mont, den Uusdruck hett'er au no nie ghört, no moß i dem sage, daß i den nu gebraucht hon, weil i de gwähnliche Uusdruck fir unschicklich halt. Normalerweis set mer nämlich bi uns eifach nu, »mei guete Laune isch total im Aasch«. Weil i die wüeschte Wörter ebe au garit mag, honi etz dodefir den Uusdruck »Hosefidle« aagwendet.
Eigentlich honi aber nu driber nochdenke welle, daß mir alle meh oder weniger »wetterfühlig« sind. Wenn's andauernd, ränglet oder schifft oder seicht, wie se bi uns saged, no sackt om doch d Schtimmung ab, oder it? Und wenn's so schwül isch, daß mer scho ä nasses Hemb kriegt, wemmer nu ä Flasche Bier vu de Kuche is Wohnzimmer trage sott, des hott me halt eifach it gern. Wenn's aber denn wieder so kalt isch, daß de's schudderet, wo mer goht und schtoht,

aber 's kunnt kon Schnee zum Schifahre, der hanget nu i luuter schwarze Wolke iber de Landschaft, daß mer de ganz Morge s Liecht i de Kuche it abschalte kan und z Mittag ersch recht it, do keit doch die schänscht Laune i de Kär abe. Des Luschtige do dra isch des, daß denn die Junge genauso grätig sind wie die Alte. Allerdings hetted die Alte meischtens weng meh Grund zum Bräsele, als die Junge, weil sich bi de Ältere s Wetter au i de Knoche und suscht no wo bemerkbar macht, obwohl vill Ärzt saged, me sol it alls ufs Wetter schiebe. So en Bledsinn schwätzed aber meischtens nu die junge Dökter. Wenn se denn selber weng i d Jährle kumed, wo's denn afang mit klemme, no moned se ehnder, »s kännt villiecht doch weng am Wetter liege!« Wenn's om bi so trübe Täg d Schtimmung is »Hosefidle« haut, so sott mer sich weng a ebbes ufheitere. Am beschte känned des die selle, wo iber sich selber lache känned.

Die bruched nu mol in Schpiegel luege und weng mit sich selber schwätze, no mond se villiecht glei wieder lache, wenn se den Mensch säned, wo se do aaguckt. S giit aber gnueg sottige, die känned halt nu iber ander Leit lache und fir die giits en guete Tip: am beschte ka mer iber de Mensch vu heit lache, wemmer'n ime Supermarkt beobachtet. Hei, sind die Maane und die Wiiber grätig, unluschtig, muulig, bruttlig und widerwärtig. Es isch eine Augenweide und en Ohreschmaus, wemmer de ganz normale Lüt zuelueget und sich driber freie ka, daß mer it zu däne ghört, weil mer selber scho weng besser isch. Saumäßig guet funkzioniert des au anere Verkehrsampel. Eifach nu naaschtoh und die Gsichter vu de Autofahrer aaluege, wo a dere Ampel halte mond. Wemmer sowieso des Gfiihl hot, daß d Welt bald undergoht, no woß mer au wägewarum, wemer ä paar Minute die Gsichter gsäeh hot. So ka om die Sauschtimmung vum sogenannte Umfeld, die eige Schtimmungsbattrie wieder uflade.

I hons jo kumme säeh

Ons vu mine Büechle hot gheiße »Mer sott it so vill denke«, und do war die Gschicht dinne, wo se zu om saged, wo sich iber unsere Gsellschaft Gedanke macht, »a wa, du denksch vill z'vill«. Des isch nadierlich en Bledsinn, denn en Mensch, wo nint denkt, des isch jo fascht kon Mensch. Uf de andere Siite isches aber so, daß mer scho denke sott, aber it z'vill, denn wemmer i dere Zeit wo mir etz grad läbed, wemmer do iber mengs nochdenkt und des sogar durchdenkt, no beschtoht die Gefahr, daß mer durchdreht, ausflippt, verruckt wird oder die Krise kriegt, wie se heit dezue saged.

S giit en ganze Huufe Problem, wenn om die in Kopf kummed, no isch s Bescht, mer denkt ganz gschwind a ebbes anders. Drum denked vill Lüt meglichscht nu no im private Läbe, des bedeiet, sie denked hekschtens no iber die näkschte Bekannte, aber nume iber sich selber noch. Wenn denn on vu dene Bekannte dennoch ebbes gmacht hot, wa ihm i d Hose gange isch, denn denkt mer laut und muulet vor sich naa: »Des honi denkt!« Weil mer sich denn saumäßig gschiid vorkummt, weil nämlich sellem ebbes bassiert isch, wo genausoguet mir hett bassiere känne, wenn i weng driber nochdenk, no sag i alls no: »So honi 's kumme säeh«, und wahrscheinlich kummt no des Sätzle: »So hot's jo kumme mösse!« Nadierlich hett's mir genauso bassiere känne, wenn i weng driber nochdenk, aber weil i it iber mi selber nochdenk, sondern nu no iber mine näkschte Bekannte, drum kumm i au it uf die Idee, daß des mir genausoguet hett bassiere känne. Wenn i nämlich uf die Idee kumme dät, no wär jo der logische Schluß nime weit, daß i eigentlich genauso bled bin, oder so bled hett sei känne wie de sell, aber vor dere Einsicht bliibed die meischte Mensche verschont, weil se do uf den Pfad der Selbschterkenntnis gfiihrt wäre däted, und der Pfad isch en schteinige Weg, und wer will so en Weg scho goh? Die Erkenntnis unseres Näkschten isch vill, vill eifacher als die Erkenntnis vu om selber. Wemmer uf de andere guckt, brucht mer nu graduus luege oder weng noch links und rechts.

Wemmer uf sich selber luege mößt, no mößt mer doch in sich ine luege, und des ka im Grund gnumme heit fascht nu no de Röntgearzt oder de Chirurg. Drum schtimmt alleweil wieder die unendlich diefe alemannische Weisheit, daß es nämlich vill leichter isch, »ime andere is Fidle luege als sich selber, weil mer so schlecht beikummt!« Drum denked mir so gern iber andere, und wemmer vu om vu dene wieder mol ebbes erfahre hond, wa andere genausoguet au iber uns erfahre kännted, no saged mir us diefschter Iberzeigung: »Des hett i etz it denkt, also vu dem hett i des au it denkt, wer hett au des vu dem denkt!« Wie vill saged des vu uns, ohne daß mir des wissed, aber do wär mer denn scho wieder bim Denke iber sich selber, und des lo mer lieber. Wenn om sottige Gedanke kummed, no macht mer am beschte de Fernsäher a, do brucht mer it denke, mer moß nu gucke. Do sieht mer alleweil ebbes, wo mer denn sage ka, »des honi denkt, so honi's kumme säeh!«

Artischocke

S giit kon saudummere Begriff als den vu de »klassenlosen Gesellschaft«. Ganz eifach deswäge, weil mer ko klasselose Gsellschaft sind. S isch nämlich scho en Underschied, ob de Vadder ä »Rädle« am Kittel hot oder ä »L« oder au nu ä »K«, oder ob er ä Abzeiche vum FC oder vu sim Schiiklub am Rewär schtecke hot. S isch en Underschied, ob de Babbe inere Buechhaltung hinder me Compjuter hockt oder ob »Direktor« a sim Türschildle schtoht. Wo mer i de Sexta mol die Kinder gfrogt hot, »was denn der Papi sei«, hond vu achtezwanzg Sextanerle schtucke zwelf glei gsagt, »mein Papi ist Direktor!« Wo se unsern Matthias gfrogt hond, no hot der nu gmont: »Mein Vadder macht Späßle!« So ä Späßle hot neilich unsere Freundin Petra mit mir gmacht. Sie hot die Mei und mi zu me kläne Obed-Imbiß eiglade. D Petra isch ä echte Frau Direktor, weil ihren Maa bis vor kurzem Direktor gsi isch. Etz ischer pensioniert, aber i sag immer no »Frau Direktor« zu de Petra, au wenn er etz kon Direktor meh isch.

Etz hot d Petra, also d Frau Direktor, uns obends eiglade und zerscht simer weng vor em Kamin gsesse und hond unwahrscheinlich gscheid gschwätzt. Des ka mer no lang it mit jedem, aber mit s Direktors hot mer's scho immer känne. Er und sie sind zwischedurch all wieder mol schnell i d Kuche ge luege, und die Mei und i wared saumäßig gschpannt, wan'es desmol zum Esse giit. I hon denn min Schweppes

43

uustrunke und die Mei ihre Gläsle Sekt, und s hot no weng en Dischput gäe, weil i gmont hon, sie kännt jo au mol Schprudel trinke und denn homfahre.

No honi zunere gset »Etz los emol, des war doch dehom, des isch doch ebbes anders oder it?« De Herr Direktor hot glei gschpannt, daß Gwitterwolke zwische uns ufziehned und hot gmont: »Darf ich Euch zu Tisch bitten!« Sechs Kerze hond brennt im Eßzimmer, und denn hot d Frau Direktor uftrage. Artischocke hots gäe und nadierlich hond mir zwei ko Ahnung ghet, wie mer des nahrhafte Gmües us em Mittelmeerraum ißt. Mer hots uns zeigt, und denn nomer Blättle um Blättle abgmacht, i die köschtliche Soß dunkt und abgsugelet. Technisch begabt, wie i halt bin, war i zerscht am Bode vu dere Artischocke, und de Bode isch scheint's s Bescht. Es sei doch ä schönes Schpie'chen, die Blättle-Zupfete, hot d Frau Direktor schtucke zeh mol gmont, und die Mei hot all nu gseet »köschtlich!« S ka jo sei, daß Artischocke köschtlich sind, aber i hon bi dere Lutscherei all möße a Wienerle denke, mit Linse und Schpätzle, und obwohl i am Obed nix meh oder kaum meh ebbes iß, honi zmol Kohldampf kriegt, debii honi uf den Artischocke-Bode vill vu dere wirklich guete Soß druf due und no Pfeffer und Salz, damits noch ebbes schmeckt.

S war fascht ä Kilo Traube, wo i zum Nochtisch verdruckt hon, und a däne luschtige Äugle vu de Frau Direktor honi deitlich abläse känne, daß sie scho gmerkt hot, daß i bi dem schäne Schpielchen, dere Artischocke-Blättle-i-d-Soß-Dunke und Abluutschete, a ebbes ganz anders denkt hon. Ob se aber druf kumme isch, daß es nu Linse mit Schpätzle und Wienerle wared, wo mir im Kopf rumgange sind, des woß ich it. I hon au im Lauf vum reschtliche Obed it gfrogt, ob mer Artischocke mit Linse und Wienerle serviere ka. Ha nei, so bled bin i denn au wieder it. I woß doch, wa sich ghört.

Schaufänschter-Krankheit

Also, do mach i jede Wett, daß die wenigschte wissed, wa d »Schaufänschterkrankheit« isch. Wemmer do ä Umfrog mache dät, no däted doch die meischte Leit sage, des sei de Drang oder die Mode, daß ebber vor jedem Schaufänschter schtoh bliibt, aber des isch äbe ko Schaufänschterkrankheit. Im ibrige bliibed it alle vor allene Schaufänschter schtoh, sie bliibed nu vor sellene Schaufänschter schtoh, wo sie ganz schpeziell intressiered. Oft isches so, daß des, wa de Maa intressiert, d Frau iberhaupt it intressiert und umkehrt. Bei Modefänschter gucked d Fraue nadierlich am meischte und vielleicht no bi de Schuehläde. Des hot mi scho als Kind ufgregt, wenn i mit de Mamme schpaziere war und sie isch vor jedem Mode-Schaufänschter schtoh bliibe und i hon mösse warte, bis se alles gsäne und gnueg glueget hot.

Etz mi intressiered halt heit no die Fänschter mit Modell-Eisebahne, Fotogschäfter und Werkzeigläde. Do lauft die Mei all zue, obwohl i au a de Modehäuser binere schtande bliib, aber des hot etz alls nint mit dere Schaufänschterkranket z' tue. Wenn de Mensch weng älter wird, no ka's sei, je noch Veranlagung und Läbenswandel, daß er's i d Füeß kriegt. Des känned Krampfodere sei, oder mer hot's a de Vene, oder ä Arterie isch verschtopft. Uf alle Fäll tond some Mensch d Füeß weh, und zwar bim Laufe. Etz moß mehr des aber fir d Nordlichter weng näher erkläre. Wenn mir

Füeß saged, moned mir meischtens die »Beine«, und wenn mir vu laufe schwätzed, no isch des bi sellene vu obe abe »gehen«. Wenn im Mensch also beim Gehen die Beine schmerzen, wenn also d Füeß weh tond, no moß der Mensch allhek, mer kännt au sage, all Furz lang, oder uf Schriftdeutsch, alle Augenblicke, schtoh bliibe und warte, bis sich wieder gnueg Bluet i de Muskle gsammlet hot.
Denn duet's nämlich nume weh, aber nochere kläne Weile fangt's wieder a weh tue. No bliebt mer halt wieder schtoh. Daß aber die andere Leit it merked, daß mer's a de Füeß, also an den Beinen hot, und sie solled des au it merke, weil des äbe scho ä gewisse Alterserscheinung isch, no bliibt mer vor de Schaufänschter schtande und duet so, als ob om die Auslage intressiere däted. Peinlich isch nadierlich, wemmer als Maa vor eme Korsettgschäft schtoh bleibt, oder vor sonere Butik. Denn pflaumed se om glei a. »Bringere au was Gscheids hom und sei it so geizig!«
Bled isch au, wenn ä Frau Schmerze i de Füeß hot und usgrechnet vor eme Fänschter halt macht, wo nu Werkzeugkäschte, Bohr- und Schleifmaschine usgschtellt sind. Wenn denn en Bekannte vum Fahrrad abe rueft, »so Heidi, witt en Schlagbohrer kaufe, 's wird's nötig hon bim Heiner!« Des isch nadierlich sonere Heidi peinlich, obwohl se scho lang dere Meinung isch, daß mer ihrem Heiner s Hirn aabohre sot, und nix anders hot jo de sell Bekannte uf em Fahrrad sage welle. Me hott's halt it gern, wenn om d Lüt druf ufmerksam mached, daß mer miteme Rindvieh verhürotet isch. Au als Maa mag mer's it, wemmer vor sonere Butik schtoht, und en Schuelkamerad rueft iber d Schtroß: »O Guschtav, bhalt au dei Geld, dei Gerda wird doch it schäner«! Mer ka also selle früehzeitige Altersbeschwerde a de Füeß scho weng verschoppe, wemmer vor de Schaufänschter schtoh bliibt. Nu wemmer vor eme falsche Fänschter schtande bleibt, no ka's am End weng peinlich were.

De kopflose Bräutigam

Bi allem Reschpekt vor de Technik, moß me halt all wieder mol feschtschtelle, daß nix ewig hebt und ab und zue wieder mol ebbes hii goht. De modernschte Compjuter duet it, wenn de Strom usfallt, und die modernschte Armbanduhr bliibt schtoh, wenn d Battrie leer isch. No goht me zum Uhrmacher, und der hot fascht alleweil no en Schmucklade zu de Uhre, woner verkaufe will, oder er nennt sich sogar Juwelier, äbe weil me bi ihm au Juwele kaufe ka.

De koschtbarschte Juwel isch fir manche Leit de Trauring. Des loßt denn noch, wenn die Päärle ä Weile im Eheschtand läbed. No hot Er de Ring im Geldbeitel und Sie hot au s Gfiihl, daß er weng druckt, de Ring, und 's wär ihre lieber, er dät se weng meh drucke, de Maa, it de Ring. Und weil mei Uhr am Arm wieder mol weng dumm tue hot, bin i zu mim Uhremacher, wo au Juwelier isch, und der wirbt etz grad fir sine neue Trauring. Damit des Thema, nämlich der Ringtausch, also d Hochzeit, werbemäßig so richtig zugkräftig isch, hot er mitte im Gschäft, also im Lade, ä Brautpaar ufgschtellt. Zwei Schaufenschterpuppe, en Er und ä Sie. Sie im weiße Brautkleid und Er im dunkle, modische Hochzeitsanzug, ganz eso, wie mers heit hot.

Uf omol honi laut rauslache mößa, und alle Lüt im Lade und min Uhrmacher-Juwelier hond mi aaglueget und gfroget, wieso und warum i ufs Mol so lache mößt. No hon i nu gset,

ja säned ihr it, daß der Bräutigam jo gar kon Kopf hot? Direkt am Hals hört nämlich bim Maa die Schaufenschterpuppe uf, wie mer se hot, wemmer nu d Hose und de Sakko, also de Kittel, zeige will. Die Braut näbedra hot aber ä herzigs Gsichtle ghet, wie alle die Gsichter, vu däne Puppene, wo one uussieht, wie die ander. Uf em Kopf nadierlich ä Kränzle, und a dem war de Brautschleier feschtgmacht.
Etz schtoht der Kerle näbe dra, ohne Kopf! Do hot's mi vor Lache fascht verrisse. Des Intressante a dere Sach isch aber au no des, daß des usser mir kom Mensch ufgfalle isch, bis zu mim Lachkrampf. Min Uhrmacher-Juwelier hot sich au nix debei denkt, woner die Puppene i sim Lade ufgschtellt hot. Woni denn gmont hon, des sei tiefepsychologisch ä klare Aussag: heirote kännt me als Maa nu no, wemmer kon Kopf het, do war aber ebbes los im Lade.
Ä jüngere Frau hot nu gset, des sei des typische antifeminischtische Gschwätz vu däne Matschos, und ä etwas ältere Dame hot gset, des hett sie vu mir nicht erwartet, daß ich mich so iber die Ehe äußern däte. S war mir richtig mulmig wore und i hon mi nu känne rechtfertige, indem i gseit hon: »Ja, hon etz i ä Brautpaar i dem Lade ufgschtellt, wo Er kon Kopf hot, oder min Uhrmacher-Juwelier?« I ka doch au nint defir, daß de Mensch us em Underbewußtsein geschteuret wird und all wieder mol Sache macht, woner garit will, daß d Leit grad do dra säned, wa er im diefschte Innere empfindet. Woni dohom die Gschicht verzellt hon, hot die Mei nu gfroget: »Und wa empfindsch denn du im diefschte Innere?« No hon i nu gset: »Wa giit's heit Mittag zum Esse?«

Versuchung

Wa ä Versuchung isch, sotted eigentlich no alle wisse. Die erscht Versuchung isch im Paradies de Eva bassiert, wo selle Schlange zunere gset hot, sie soll nu vu dem Bom esse, des dät nix mache, ganz im Gegeteil, und weil ses halt so saumäßig agmacht hot, no hot se gässe. Wie die Gschicht usgange isch, woß jeder. Des »Aamache«, des isch die Versuchung, und seither macht uns alleweil irgendebbes a. Sie macht ihn a, und er macht sie a und au suscht macht uns all Tag ebbes anders a, und meischtens underliegt mer sonere Versuchung. Efters duets om denn firchtig leid, daß mer schwach wore und sonere Versuchung underläge isch. Die selle, wo etz moned, i hett nix im Kopf als die fleischliche Versuchunge, des sind Gleiskranke, wo im Hirn ä Kärrele hond, wo nu uf onere Schiene fahrt.

Nei, ich mon die ganz gwähnliche Versuchunge, wo om all Tag iberfalled, weil mer mont, mer möß etz grad des hon, wa mer mont, daß mers hon mößt. Do schickt mi die Mei am Morge, kurz vor de zwelfe, no furt, ge en Kopfsalot hole. No gang i meischtens schnell i de Supermarkt ums Eck, wos so ziemlich alls giit, au Gmües und Obscht. Min Kopfsalot honi glei gfunde, des heißt, i hons au gmacht wie die meischte Wiiber. I hon no weng anem rumdruckt, ob er au fescht gnueg isch, aber sellen Kopf, wo grad one dra rum druckt hot, den honi liege lo und en andere gnumme. Uf

em Weg a d Kass honi denn no weng rumglueget, und do isch so ä Versuchung a mi kumme. I glaub, daß im »Vaterunser«, wa heit vill scho nume känned, daß do en Ibersetzungsfehler bassiert isch. Anschtatt »und führe uns nicht in Versuchung« mößt des doch heiße »und führe uns aus der Versuchung!«
De Himmelbabbe führt uns it in Versuchung, mir fihred uns selber ine, oder isches am End doch wieder selle Schlange, wo mit de Eva gschwätzt hot? Uf alle Fäll war do pletzlich ime Fach ä Schild und lauter Uhre, aber kone gwähnliche. Uf dem Schild isch gschtande, wa die Uhr alls ka und wa se alls hot. S war ä sogenannte Multifunkzionsuhr, mit Alarm-Melodie und Weltzeit. Mit Kalender und Temperaturanzeige, mitsamt Batterie hot die Wunderuhr sage und schreibe nu fufzeh Mark und achtenünzg Pfennig koschet. S isch mer ufs Mol richtig heiß wore i de Bruscht, und i hon scho en Zwanzger i de oene Hand rumdruckt. So ä Wunderuhr zu some Preis, hot des Mensch vonere Schlange gflischteret, so ä Glägeheit kunnt nie meh! Gleichzeitig hot sich ä innere Schtimm gmeldet und au gflischteret: »Mosch du eigentlich immer alls hon, wa du siehsch?«
Denn isch mers zmol wieder kalt wore i de Bruscht und nume heiß, und i hon die Uhr zruckglegt i des Fach, wo die andere Uhre gläge sind. I hon denkt, wenn se etz wenigschtens no die Temperature vu de andere Weltzeite aagäe dät. Uf omol honi en mordsmäßige Schtolz empfunde, weil i dere Versuchung widerschtande hon. Wa wär de Menschheit erschpart bliebe, wenn de sell Adam zu de Eva gseit het: »Zu wa soll i vu dem Bom esse, womer it derf? S hot jo gnueg anders Obscht umenand im Paradies!« Und scho bin i fir min Hochmuet gschtroft wore. Näbedra war ä Sonderangebot fir blaue Socke. Die Mei hot denn nu gmont: »Hosch du no it gnueg blaue Socke? Mosch du eigentlich immer glei alls hon, wa de siehsch?«

Vip + Vup

En große Teil vu mine Leser, wenn it sogar de gröscht, woß sicher it, wa ä VIP isch. Des macht jo au nint, wemmer des it woß. Des isch wieder mol so ä englischs Zügs, ä Abkürzung, und heißt eigentlich »very important person«. Des isch nadierlich ko Person, wo mer importiert hot, sondern eine »sehr wichtige Person«. Etz wered wieder welche sage, vor Gott und vor em deutsche Grundgesetz seied alle Mensche gleich. Des isch scho richtig, aber 's giit sottene, die sint weng gleicher, und des sind die VIP. Mer moß nu mol bime Feschtakt i die erschte Reihe hocke welle, wo »Reserviert« schtoht. Mon, do schraubed se de, wenn de kon VIP bisch. Sie jaged de furt vu de erschte Reihe und mached dir im Handumdrille klar, daß du en VUP bisch, eine »very unwichtige Person«.

Etz wa sind VIPs? Zerscht mol leitende Manne und menkmol au Wiiber, us de Bolidik, us de Wirtschaft und de Kirch. En Bischof paßt ehnder zume Minischter, wie zu om, wo uf em Bauhof schafft. Drum moß mer bi allene gsellschaftliche Aaläß sortiere, und die selle, wo sortiered, die wissed nadierlich, wa en VIP isch oder en VUP. Des isch ä diffizile Sach, die Sortiererei. En Präsident vume Gsangverein isch nadierlich en VUP, und en Präsident vu de Handelskammer isch en VIP. Je wiiter des uf de gsellschaftliche Leiter ufe goht, um so VIPriger isch ebber.

Schbezielle gsellschaftskritische Geischter behaupted all wieder mol, VIP dät heiße, »Very impotent Person«, aber des sind Behauptunge, wo im Neid wurzled. Große Fluggsellschafte hond spezielle VIP-Abteil. Die derfed denn i de Senator-Klasse fliege. Nu wenn se abeflieged, isch de Underschied zwische VIP und VUP wieder ufghobe. Des goht ganz dief ine, mit denen VIP und VUP, vor allem im tägliche Läbe. Wer des it glaubt, der hot ko Ahnung, wies uf dere Welt zuegoht.

Gsetzt de Fall, de Oberbürgermeischter kummt is Krankehaus. Des isch doch klar, daß des en VIP isch. Und so wird der au behandlet. Wenn der denn wieder entlasse wird, no verzellt der jedem, wos höre will, wie toll mer i dem Krankehaus behandlet wird. Etz wenn d Frau Hägele is Krankehaus kunnt und ko Sau woß, wer die Frau Hägele isch, no kas scho sei, daß se it glei so renned wie bim OB. Wenn d Frau Hägele nadierlich Privatpatientin isch, no isch se scho weng viper. Und wenn se denn no die iberlaschtete Schweschterle schikaniert, vum Morge bis i d Nacht, no kas sogar vorkumme, daß die Schweschterle zunenand saged, »die sell im Zimmer 5 isch ä elende Viper!« Sell isch denn wieder ebbs ganz anders.

Mer derf etz it glaube, daß die Sach mit dene VIPs ebbes Neus wär, scho de Heiland hot gmont, bei Lukas 14: »Such dir it en Ehreplatz aus. S kännt on eiglade sei der isch meh als du. Denn dät de Gaschtgeber sage, mach dem VIP Platz!« Drum hockt mer sich am beschte glei hinde ane, no ka om nint passiere. Wenn denn ebber kunnt und holt om wiiter vüre, no kas zmol sei, daß d Leit saged, »gucked au mol do na, etz isch der Karle au en VIP!« Die Sach mit VIP und VUP isch au on vu dene Gründ, warum i so gern i d Sauna gang. Näckig sind wirklich alle gleich. S ka sogar sei, daß do d VUP schäner sind als d VIP, und des ka so ä Gmüet vumene ewige VUP kolossal tröschte.

Schneckennudle

Neilich hon i am früeh Morge scho so lache möße, daß es mi schier verglepft hot. Wo i mei Tageszeitung ufgschlage hon, isch mir ä Inserat buechstäblich is Aug gschprunge, wo so en Marilyn, Monroe-Typ ä Schprechblootere us em Muul loo hot und uf dere isch gstande: »Schneckennudeln are a girl's best friend!« Uf deitsch het des also gheiße, daß d Schneckenudle die beste Fründ vu de Mädle seied. Die Anzeig isch vunere Großbäckerei gsi, wo sich als »der neue Star am Bäckerhimmel« vorgstellt hot. Im Anzeigetext hots denn no gheiße, daß mer se genieße sott, »wie die Großen dieser Welt«.

D Marilyn hets au usprobiert, »mit großem Erfolg!« Daß etz aber kon Irrtum ufkummt. It die Marilyn mit ihrene deitlich sichtbare Kurve soll me gnieße, sondern die »Schneckennudeln«, wie die Marilyn uf dere Anzeig one i de Hand ghet hot. Wa mi glächeret hot, des war scho mol die nordgermanische Bezeichnung »Schneckennudeln«. Bi uns heißed die Schnecke-nudle und it Schneckennudeln. Wenn mir uns mol nordisch uusdrucke wänd, no saged mir hekstens no Schneckenudelen. Des sind lange Hefeteigstückle, wo de Beck zunere lange Nudel zämmenudlet und die denn zume Schneck zämmerollet. S isch ä einheimischs Gebäck und schmeckt sauguet, und sottige Schneckenudle schmecked sicher au sellne, a die sich des Inserat richtet, wo garnime deitsch, sondern nu no englisch känned, und des sind efange vill im Land.

Drum heißts, daß Schneckennudeln »a girl's best friend« seied. Mir isch des aber ebbes Neus, daß Schneckenudle die beste Freund vu de Mädle seied. Wenn nämlich so ä Girl au nu ä klei weng zvill vu däne Schneckenudle ißt, no wird des Girl im Handumdrille zunere Kachel, oder au zunere Nudel. Drum frißt au ä richtigs Girl kone Schneckenudle, sondern kaut sin Chewing-gum, meglichst no bim Schwätze und bim Bediene vu de Kundschaft. Schneckenudle sind also prima, aber sie sind it »a girl's best friend«, ganz im Gegeteil.

S giit en Hufe Girls, wenn die am Morge näckig uf d Woog stond, no saged die »Oh nooo – this fucking Schneckenudle!« Des saged se, weil se zuegnumme hond und etz Angst hond, daß se kon meh vernudlet, vor luter Schneckenudle. Bi uns derf ä Girl scho ä Nudel sei, denn ä Nudel isch ä Mädle, wo ufgweckt, lustig isch und ebbes los macht. Suscht isch Nudel fir ä Girl abschätzig und wird fast nu i Verbindung mit häßliche Eigeschaftswörter benutzt. Welles Girl mecht zum Beispiel ä fette Nudel sei?

Drum hungered doch vill Girls bis zum Skelett, us luter Angst, sie däted suscht kon me kriege, wo se vernudlet. Der Begriff »vernudle« stammt us de Beziehungskiste. Des bedeitet it vernasche, sondern »knuddeln«, wie se witer dobe saged. Wenn so ä Girl zu ihrem Boy set, »i kännt di grad vernudle«, no woß der Boy, it's time, no isch de Katz gstreut. Er sott aber vorher ko Schneckenudel verdruckt hon, weil er suscht kläbrige Händ hot, und des macht ä Girl it fit for fun. Do kas sei, daß ere s ganz feeling verreckt. Do macht denn ä Girl ä Gsicht, wie noch'eme Facelifting. S ka sogar sei, daß se den Kerle stoh loot, ihre Piercing-Näsle hochzieht, uf die Connections verzichtet und lieber elei Window-shopping macht. Drum sott die Großbäckerei sich scho weng iberlege, bevor se nomol so bled inseriert.

Langfrischtig

Komisch, daß i mir under dem Wort »langfrischtig« nie so richtig ebbes hon vorstelle känne. Etz bin i durch en Zuefall zmol drufkumme, wa mer do drunder verstoht. S wird kaum ebber glaube, daß sich etz, z'mitte im Summer, Mensche Gedanke mached, iber die näkscht Fasnacht. Und doch giit's en Hufe Manne und Wiiber, wo die Fasnet, wo not weit, weit furt isch, »langfrischtig« plane mond, daß denn au alles klappt wie's klappe sott. Ä klassisches Beischpiel honi die Tag erläbt, woni mit de Marlu wieder mol en Kaffee trinke gsi bin.

D Marlu isch eigentlich ä waschechte Preußin us de Mark Brandeburg, aber in Weschte gflichtet. Sie hot en Schwob ghürote und isch etz so alemannisch, wie de nu grad witt. Die schafft im Stille firs Brauchtum, meh wie zwanzg Ur-Alemanne zämme. Iberall wo's oemeds klemmt, holed se d Marlu, und die macht's denn und wie se's macht! Etz giit's zum Beischpiel i de Narrezunft »Poppele« under de hischtorische Figure des Eierwiib, dere, wo de Poppele den Streich gschpillt hot, wonere hot ihrne Eier de Berg abe rugele losse, aber 's isch kons vu däne Eier hii gange. Etz moß a de Fasnet unser Eierwiib bi jedem Umzug mitlaufe und leere, des heißt uusblosene Eier us em Korb is Volk ine oder au irgend ebber a de Kopf werfe.

Vor kurzem hot etz de Darsteller vum Eierwiib de Marlu sei

Leid klagt, daß er a de näkschte Fasnet a acht Umzüg mitlaufe möß, und er könn sich garit vorstelle, woher er die viele Eier nähme sott. D Marlu hot sich des gmerkt und hot en »langfrischtige« Plan gmacht. Sie hot usgrechnet, daß acht Umzüg vume Durchschnitt vu drei Kilometer vierezwanzg Kilometer gänd. Wenn etz des Eierwiib alle acht Meter mol ä Ei wirft, no brucht mer uf on Kilometer 125 Eier und fir en ganze Umzug, also fir drei Kilometer 375 Eier. Weil's a dere Fasnacht aber acht Umzüg giit, no brucht mer äbe halt achtmol 375 Eier, und des wäred fir die ganz Fasnet it weniger als 3000 Eier.

Woher aber 3000 ausblosene Eier nähme und it stehle? Do hot sich d Marlu wieder ane gsetzt und en Plan gmacht. Sie hot ime Fachgschäft zehn Apparätle kauft zum Eier uusblose. Des isch i ganz eifachs Süschtem, so en Eieruusbloser. S giit nu ä winzigs Löchle unde und obe im Ei, und me wird it kurzatmig, weil a kläs Bloosbälgle den Inhalt vu dem Ei use beförderet. D Marlu kennt nadierlich alle die Wiiber, wo do defir in Frog kumme dätet, und uf die hot se die Eierusblos-Apparätle verteilt. Wenn die denn kone Eierschpeise meh fresse wänd, wel ihrne Manne saget: »Loß mer bigoscht jo a zeitlang die Eier furt«, no gäbet die Wiiber ihrene Eieruusblos-Apparätle a andere Wiiber weiter, und wenn die »langfrischtige« Planung etz au nu einigermaße klappt, no kriegt des Eierwiib, wa brauchtumsgemäß nadierlich alleweil vume Maa verkörperet, des heißt dargstellt wird, sine 3000 Eier fir acht Umzüg mit je drei Kilometer, wo alle acht Meter ä uusblosenes Ei gworfe were ka. Ko Brauchtum ohne sorgfältige Planung, und i woß etz au, wa »langfrischtig« bedeitet.

Kabelfernsäeh

S Programm sei wieder mol ä Schand,
so schimpfed vill bi uns im Land,
es sei direkt zum Kotze,
aber trotzdem mond se glotze.

De Vadder pennt und schnarcht sich ein,
und d Mamme loset »Herzilein«,
Ihre Äugle sind ganz naß,
Er schnarcht in diefem Baß.

D Mamme goht glei druf is Bett,
do isch, i mach grad jede Wett,
do isch de Herr erwacht,
er denkt, »schlof guet, guet Nacht!«

Er langt etz, wo se gange isch,
sei Fernbedienung schnell vum Tisch,
denn siehsch hellwach de Babbe,
sich durch die Sender zappe.

Glei hot er au en Sender gfunde,
Sie liit obe, er liit unde,
und under lautem Schtöhne,
tond zwei enand verwöhne.

De Babbe leise, heimlich lacht,
no nie hot d Mamme so ebbs gmacht.
Mit weit ufgriß'ne Auge
duet er am Schtumpe sauge,

doch isch, weil ihn der Sex so freit,
de Schtumpe us de Schnorre keit
und hot, grad hond die zwei sich trennt,
ä Loch i Vadders Hose brennt.

Us de Hose schlaned Funke,
's hot bräselet und firchtig gschtunke,
so kummt de Babbe, de'sch kon Witz,
im wahrschte Sinn, nomol i d Hitz!

Sportwahn

En Mensch, wo alleweil underem gliiche Name i de Zeitung schriibt, wo i unserm Dialekt eigentlich Ziitig heißt oder hoast, der hot's nadierlich bime gwisse Teil vu de Leser vu dere Zeitung oder Ziitig verschisse. Me hot als Schriiber i some Blatt oder Blättle eigentlich nu drei Sorte vu Kundschaft. Die erschte, des sind selle, wo des gern lesed, wamer schreibt. Die zweit Sorte, des sind selle, wo saged: »Hüt hot er wieder mol en Seich gschriebe«, und die dritt Kategorie sind selle, wo saged: »Dem sin Scheiß lesed mir scho lang nime!« Wemmer als Schreiber woß, daß des halt so isch, no macht mer sich au kone Illusione meh. No freit mer sich iber jeden, wo sich au freit, iber sell, wa mer gschriebe hot, und alles ander nimmt me meglichscht glasse in Kauf. Mit dem, wa i eigentlich heit hon schreibe welle, gang i dotsicher inere ghörige Porzion vu mine Leser uf de Wecker, aber wa so en echte alte Schreiber isch, der schriibt halt au menkmol iber ebbes, wa ihn druckt, denn wenner des it ab und zue mol dät, no dät er seelisch krank werre.

Etz hond se unsereins im tausedjährige Reich no beibrocht, daß ä gsunde Seel nu ime gsunde Körper exischtiere kännt. Nix isch verlogener als der Satz, aber zu Zeite vum GRÖFAZ, also vum »GRÖ-schte F-eldherr A-ller Zeite«, war so vil verloge, it nu des. Zu de jetzige Ziit isches aber so, daß d Seel iberhaupt ko Roll meh schpillt, weil vill Leit ane Seel nume glaubed, weil se scheint's scho lang kone meh schpühred und drum glaubed, daß se gar kone hond. Des

fihrt denn do dezue, daß de Leib alls isch, drum moß mer dem am meischte Sorg gäe. Des macht mer am beschte, indem mer'n ertüchtigt, sin Leib, aber zu dem saged se hüt »Body«! Wa se etz grad fir de Body mached, des haltsch im Kopf it aus.
S giit etz grad meh Fitness-Center und Bräunungs-Studios als es Buechläde giit. Vor allem iberschwappt minere Aasicht nooch etz grad die Begeischterung fir de Schport, daß mer mone kännt, wievill Zehntelsekunde schneller und höcher ebber rennt, juckt, oder ä Kugel durch d Gegend wirft, des sei eigentlich des, wäge wa und um wa sich d Welt dreht. Fir wa denn die Leideschaft firs Kicke oder firs Tennis guet sei soll, wemmer selber garit kickt, sondern nu zuelueget, des kapier wer will.
Und iberhaupt, wer etz grad zu de bessere Leit zelle will, der goht ge Golfe. Wemmer denn sotte Lüt froget wieso, no goht's däne nu um d Natur und die frisch Luft und um d Bewegung i de Natur und i de frische Luft. Dodefir zahled se denn zwanzgtaused Mark Grundgebihr. Des ischene d Natur und d Luft wert. Billiger ka mer se scheint's heit nime kriege. Wie vill Mannsbilder kenn i, wo bi jedere Diskussion schtöhned, daß se am Exischtenzminimum entlang kräsle däted, aber fir en Kick i de Bundesliga leged se gern und guet, inklusive Fahrgeld, dreihundert Mark ane.
Jo, und wa zahl i fir mei Tageszeitung, wo mir jede Tag en Sportteil serviert und no zwei Seite »Heimatsport« und am Mäntig nomol zwei Seite! Als ob mi intressiere dät, weller VFB gege wellen FC gwunne oder verlore hot und a wellem Tabelleplatz Weiterdinge oder Wollmatinge schtoht. D Seel kännt grad verhungere, so kunnt's mir vor, wenn it no oeme ä Meldung wär, daß de Vatikan wieder mol gege ebbes isch, wo de Rescht vu de Welt defir isch. Etz dät's mi nu saumäßig intressiere, wievill heit wieder saged, »aber dem sei Schreiberei ka me fange nume läse«!

Glutaeus maximus

Also offe gschtande kummt unsereins äfange nume druus. Uf de oene Siite kännt me mone, daß mir ä totale Sport-, oder besser Sportler-Nazion seied, aber uf de andere Siite lies i all wieder mol so Ufsätz i däne Magazin, wo me etz grad läse moß, wemmer au nu halbwegs en gebildete Mensch sei will, daß des mit dem Sport garit so gsund sei. I persenlich war scho alleweil en unsportliche Typ, sehr zum Ärger vu mim Vadder, der en begeischterte Fußballer gsi isch und sich gschämt hot, daß sei bluetarms Bueble alls war nu kon »Kerle«!

Uf de andere Siite reg i mi au nime uf, daß mindeschtens ä Drittel vu minere Tageszeitung us Sport-Nochrichte beschtoht. Mir isch au egal, wenn ä halbs Taused Männle und Weible rings um d Stadt rumseggled, zume sogenannte Halbmarathon. Solled se doch vu mir us. I hon etz nu grad wieder glese, daß die Sach mit dere Leibesertüchtigung i däne Fitnesstempel it unbedingt gsund sei. Des sei Glaubenssach, denn schtatischtisch gsäne däted sportliche Mensche it länger läbe als unsportliche. En bekannte Sportarzt hot gmont: »Sportler läbed it länger, sie sterbed nu gsünder!« Mer hot feschtgschtellt, daß Hundertjährige sich ä Läbe lang vill bewegt, aber selte Sport triebe hond. Des mit dem gsunde Herz durch Sport sei au verloge, weil vor allem de Hochleischtungssport ä Herz all größer mache dät und so ä »Sportlerherz« dät gern us em Takt groote. Nadierlich sind unsere Muskle lotterig worre, seit me s Auto erfunde hot, de Fahrschtuehl und d Rolltrepp. Vor allem hot de »Glutaeus maximus« glitte, des isch der Muskel, wo de Hindere rund, oder wie se etz grad sage, »knackig« macht. S gond jo vill is Fitness-Studio, it wäg de Gsundheit, sondern weil se dert schä, schlank und sexy wärre mechted. S goht scho lang nume drum, daß ä gsunde Seel nu ime gsunde Leib exischtiere kännt, wa im übrige au verloge isch. S goht drum, daß die Leibesertüchtigung a däne Fitness-Maschine it nu s Übergwicht abbaue helfe sott, nei, 's goht um die sogenannte »sexuelle Attraktivität«, weil die »mehr Spaß an der Liebe« bringt. Und des isch jo au endgültig klar, daß Liebe etz grad au mit Hochleischtung zämme hanget. Etz gilt die Devise, daß ä knackigs Fidle, also en halbkugelige Glutaeus maximus, it nu de Sexgenuß schteigeret, sondem au die »Partnerfindung«! Früener hotmer sich no ine Gsicht verknallt, heit gucked se oemeds andersch na. Seller Sigmund Freud, wo des Unbewußte entdeckt hot, und der ibrigens unsportlich gsi isch bis dertnaus, der hot gmont, daß mer zu sinere Zeit die Jugend sportlich erzoge hot, daß mer se vu de Sexualbetätigung ablenkt. Der dät Auge mache, der gute Sigmund, wenner etz grad nomol en Trip durch des neie Europa mache kännt. Mer liit jo it all zweite Tag i so ä Solarium-Wanne, bloß damit mer sei Seel wärme ka. Wenn denn en Orthopäd mont, daß bald jeder zweit vu sine Patiente en Sportsfreund sei, no schtört mi min lahme Glutaeus maximus allem modische Zeitgeischt zum Trotz z'leid grad au nime.

De Akquisitör

I mach jede Wett, daß die wenigschte Leit wissed, wa en »Akquisiteur« isch. Mindeschtens ä Schtund honi brucht, bis i selber gwißt hon, wie mer des Wort schriibt. I vier Schprochlexikon honi umenand gsuecht und alleweil under »Aqui« glueget, bis i zletscht usegfunde hon, daß vor des »q« no ä »k« ghört. S brucht etz niemerd glei ufhöre mit lese, des Wort bedeitet ko Sauerei. En Akquisiteur isch nämlich en männliche Mensch, wo fir ä Zeitung oder suscht ä Druckerzeugnis Anzeige wirbt. Wenns ä Frau isch, wo des macht, no isches kon Akquisiteur, sondern ä »Akquisiteuse«, oder uf deitsch ä Anzeigenwerberin. Daß mer uns glei richtig verschtond, der Tschob isch ä Scheißgschäft.

Mer glaubt garit, wa die arme Kerle sich alles aahöre mond, wenn se am Morge früeh losziehned und die einzelne Gschäftsleit bsueched. Mer moß sich do nu vorschtelle, wa en Firmeschef fir ä Freid hot, wenn am Mäntigmorge scho on zu de Ladetüre ine kunnt und anschtatt der ebbes kauft, will der ä Inserat fir sei Zeitung. Aber grad die Zeitung hot den Gschäftsinhaber scho am frühe Morge elend gfuxet, weil vom Kameradschaftsobed vum Club der Sumpfdotter-Schwalben-Heger wieder nint im Lokalteil brocht wore isch.

Also macht de verehrte Gschäftsinhaber dem Akquisiteur zerscht mol klar, daß sei Blatt ein Scheißblatt isch, des er etz sowieso abbeschtellen däte, des känne er sellene Schmierfinke ruhig sage. De Schriftführer vu sim Club der Sumpfdotter-Schwalben-Heger hett nämlich ä ganze Seite Din A 4 voll gschriebe und beizeite i de Briefkaschte vu de Zeitung gworfe, aber däne sei nadierlich de Fueßball wichtiger als des Hegen der vum Ausschterben bedrohten Sumpfdotter-Schwalbe, obwohl de FC wieder saumäßig uf de Sack kriegt het. Des alles moß sich der Akquisiteur meglichscht schtillschweigend anlosen, und er moß seine Fauscht im Sack ballen.

»Wissed Se, Herr Kruschtle«, set er denn mit gesenktem Blick zu dem Gschäftsmann, »wissed Se, wie oft honi des scho däne Redakteur gset, aber die hond doch ihrene Ohre bloß am Kopf, daß de Huet it uf d Nase keit. Aber etz gukked Se doch mol naa, Herr Kruschtle, wie des ussieht, wenn i de näkschte Nummer vom Blättle nu Ihre Konkurrenz inseriert, und vu Ihne sieht mer und liest mer nix. Gucked Se, Herr Kruschtle, wer it wirbt, der schtirbt, und Se känne jo d Lüt guet gnueg. Do heißt's doch glei, gell de sell Kruschtle inseriert au nume, der pfiift scho lang uf em letschte Loch, 's wird nume lang go, bis der im Amtsblättle schtoht! I dät also sage, Herr Kruschtle, mer mached's wieder zweischpaltig, vierzg hoch wie s letscht Mol.«

De Kruschtle brummlet denn nu. »Vu mir us, aber des war s letscht Mol.« Etz hot der Akquisiteur sin Uftrag. Ä winzigs Eckle vunere Anzeige-Seite und ä Seite sott er scho voll mache, suscht heißt's im Verlag wieder, er sei die gröschte Flasche, wo umenandlauft. Debei laufe der Akquisiteur Tag fir Tag umenand und hört sich alles geduldig a und schluckt und schluckt. Derweil sitzt die Akquisiteuse im dissaingesteilten Büro im kunschtlederne Sessele de ganz Tag am Telefon und flötet: »Guete Morge, Herr Knöpfle, hier isch die Jaschika vu Ihre Zeitung.« Na, immer no so schlank, wie neilich uf em Vereinsball? Mir mached i de näkschte Ausgab wieder ä Kollektiv und do sind Sie sicher wieder debei, Größe wie üblich! Prima, Herr Knöpfle, obe rechts, logo, alles klar, Herr Knöpfle, merci tschaule und tschü-üs! S giit scho no Tschobs, wo's ganz guet isch, wemmer kon Maa isch. Zum Beischpiel bim Akquiriere!

Kommunikazion

Etz grad, wo des Johrhundert im End zue goht, wo mir im erschte Viertel uf d Welt kumme sind, wo alls etz scho bsoffe isch vu dem Millenniumjubel, weil mer 2000 uf em Kalender schtoh hond, etz grad mached se wieder Bilanz und sind saumäßig schtolz uf die Tatsach, daß die ganz Welt vernetzt isch. Inere Sekund ka me erfahre, wa uf eme andere Kontinent los isch, und mer ka faxe noch Australie oder ä E-Mail vu Amerika kriege, und mit sim Händi rueft etz grad de Freund us Südafrika a und verzellt, daß er etz grad im Nazionalpark zwei Elefante begegnet sei, etz grad vor fimf Minute. No nie war de Mensch so noh mit em andere Mensch verbunde, wie etz grad, no nie, seits Mensche giit, hot die Kommunikazion so guet funkzioniert wie etz grad, aber 's ka doch eifach it sei, daß des nu mir uffallt, daß etz grad ebbes ganz Wichtigs iberhaupt nime funkzioniert, nämlich des Gschpräch vu Mensch zu Mensch.

D Kommunikazion funkzioniert etz grad zwar, aber s Gschpräch it. S ka am End sei, daß des au weng do dra liit, daß mer fir die wichtigschte menschliche Begriff etz grad andere Wörter hond. Warum moß me au anschtatt Verschtändigung etz grad andere Wörter sage? Die meischte wissed jo scho gar nime, wa die Wörter bedeited, wo se uf Lager hond. Wemmer aber mol nume woß, wa des bedeitet wa mer schwätzt, no ka des Gschpräch mit em andere Mensch au nume funkzioniere, des isch doch logisch oder it?

Hond Ihr scho mol en Mensch beobachtet, wenn der hinder sim Compjuter hockt und uf die Mattscheibe glotzt wie ä Vögele vor de Klapperschlange?
I dem Augeblick, woner i den Kaschte lueget, ischer in Verbindung mit de ganze Welt. Do ka ner im Internet umenandsörfe und hot Kontakt mit de ganze Menschheit, nu it mit dem näbe dra oder mit om, wo vor ihm schtoht und ebbes vunim will. Wa isch des ä troschtloses Läbe, wenn de i some Großraumbüro vor dim Törminel hocksch, und links und rechts näbedra und vor dir und hinder dir hocket die andere vor ihrem Törminel und alle kommuniziered etz grad mit de ganze Menschheit uf de ganze Welt, nu mit dem links und rechts, mit dem vorne und hinde, schwätzed se nime.
Wenn i ine Gschäft kumm und hinder dere lange, supermoderne Theke fir d Kundschaft hocked drei Wiiber und en Maa und schtupfed mit de Finger uf däne Taschte umenand und gucked gschpannt i den PC und alls isch so ä Dissain, daß i mir i mine alte Klamotte us de siebzger Johr richtig altmodisch und schäbig vorkumm, und kons vu däne vier schtoht uf und frogt mi, wani eigentlich will, do krieg i etz grad die Krise.
Des fallt däne iberhaupt it uf, daß do en Mensch schtoht, en lebendige Mensch, der ebbes vunene will, wo sie ebbes froge mecht und fir den sie, die viere nämlich, eigentlich do sei sotted. Nei, die bliibed hocke und schtupfed wiiter, und du schtohsch vor dere dissainene Theke und wartesch und kummsch dir vor wie bschtellt und it abgholt. Etz frog i den männliche Schtupfer, ob er mir vielleicht sage känt, wo … I sag aber min Satz garit fertig, weil i merk, daß er garit reagiert, weil er etz grad kommuniziert, no ka der sich mit mir nadierlich etz grad au it verschtändige!

67

S Inserateschpiel

S giit all wieder mol so Zeite, wo me weng Zeit fir sich hot. Zeit zum verträdle, wo me nint duet, wa en Sinn hot, und do macht unsereins denn halt efters weng Bledsinn. Den Bledsinn mach i aber ganz fir mi elei und gib obacht, daß die Mei it zuelueget, weil se mi denn froge dät, wieso i etz grad mach, wa'ni etz grad mach.
Denn mößt i sage, »eigentlich mach i etz grad nint als Bledsinn«, denn dät se am End sage, die Mei, »hosch ko andere Arbet als Bledsinn mache«? Under uns gset, i mach au menkmol Bledsinn, wo sie gar it wisse sott, die Mei, denn wenn se wisse dät, wa i fir en Bledsinn mach, no wär de Deifel los.
Der schpezielle Bledsinn isch ä Schpiel wo i mit mir selber schpill. I lies i de Zeitung die viele Kleinanziege, denn die Heiratswinsche, Partnersuche und Bekanntschafte. Z'letscht die Kontaktanzeige und de Telefonservice. Do kännt i mi schtundelang verweile und kännt mi dotlache, wenn i Verkäufe, Möbel, Bekanntschafte, zu verschenke und Kaufgesuche mit däne Kontakt- und Telefonservice durenand misch.
Do kummed die wahnsinnigschte Sache zum Lache use, wie zum Beischpiel: »Ich flüstere dir life in dein Ohr, Waschmaschine, funktionsfähig gegen Selbstabholung zu verschenken!« Oder »Netter junger Mann, 21 J. alt, sucht auf diesem Wege eine Vogelvoliere und bietet zwei Preßluft-Nagler«!

Me ka au so kombiniere: »Er, 45 Jahre, Rarität, Liebhaberstück, Jogger und Betonmischer, sucht Pretty Woman, Thailänderin, kaffeebraun, ohne Zeitdruck, sanft bis dominant, mit AEG-Staubsauger, 2 Öltanks, Hängelampe und Küchentisch zwecks Aufbau einer großartigen Beziehung!«
S goht au so: »Laura, blond, heiß und vollbusig, mit Couchgarnitur, Kawasaki, Brautkleid Gr. 50 und dreifarbiger Katze, Sinn für Ehrlichkeit, Geborgenheit und Offenheit, schlank und langbeinig, möchte netten, gefühlvollen, schwarzen, charakterstarken, sympathischen Senior (74) mit Eckbank, Doppelbett, Sitzgarnitur, Streuobstwiese und Trokkenliegeplatz, der sie zärtlich verwöhnt, mit allen Praktiken. Ruf doch mal an, es könnte dein Glückstag sein!«
S giit unzählige Meglichkeite, wie zum Beischpel: »S Schneckehüsli bietet ganz junge Asiatinnen, mit Bauernmöbel, Biedermeiersofa, Holzofen, Bügelmaschine und Obstpresse.«
Sie Stöhnen ohne Gnade, für Putzstelle. Bürokraft oder Haushaltshilfe, bei jungen Männern, nicht über 60, möglichst Flohmarkthändler mit Lautsprecheranlage und gut erhaltener Küche, Familienstand egal, zur Freizeitgestaltung, durch dick und dünn für einsame Abende, für Kino, tanzen und Zärtlichkeit, mit Klavier, Bauchtrommel, Schlagzeug und elektronischer Orgel, die es ehrlich meinen. Nur ernstgemeinte Zuschriften, möglichst mit Bild: »Legen Sie zwanzig Mark bei und Sie nehmen an der Verlosung teil.«
I moß es etz grad nomol sage, des bledsinnige Schpiel kännt i schtundelang schpille, und i dät all no neiere Inserat entwerfe. Aber firchtig obacht gäe moß i scho.
Sie hot jo Sinn fir vill, die Mei, aber mit dem intelligente Schpiel kännte se sicher radebutz nix aafange. Des isch mir egal, 's moß au no Sächele gäe, a däne mer nu ganz elei sin Schpaß hot, oder it?

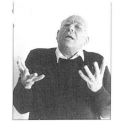

Fernsäehfasnet

Eigentlich sott mer am Aschermittwoch nime iber d Fasnet schwätze, aber des derf mer it so eng säeh. I schwätz au nu deswäge driber, weil mir a dere Fasnacht ä ganz neue Erkenntnis kumme isch. Seit ä paar Johr hot s Fernsäeh unsere alemannische Fasnacht entdeckt und feschtgschstellt, daß mer mit dere ganz saftige Einschaltquote eifahre ka. Etz ka mer a jedem Sunntig Mittag schtundelang ime Narretreffe zueluege, ohne daß mer en Schritt us em Hus mueß. Des isch vor allem fir die ältere Leut und sottige, wo it guet z Fueß sind, ä wunderbare Sach. Bled isches nur fir selle Narrezünft, wo extra wägem Fernsäeh zu some Narretreffe gond. Etz hond se aber d Nummer 52 bim Umzug, also laufed 51 Zünft vorene her. Noch de Nummer 42 hot aber s Fernsäeh eipackt, und die letschte zeh Zünft hond s Nochsäeh, aber ko Fernsäeh, nu ka mer do dra kaum ebbes mache.

Seit ä paar Johr ka me au Narrekonzert us unsere Region aluege, und des isch der Punkt, wäge wa i usgrechnet am Aschermittwoch nomol uf d Fasnet kumm. I war vu Afang a en leideschaftliche Gegner vu de Fernsäeh-Fasnet, weil i dere Meinung war, daß mer dodemit unsere heimische Fasnacht kaputt macht. Etz honi aber des Johr mei Meinung total g änderet. Mer hot känne zwei Narrekonzert us unsere Landschaft agucke, nämlich ons z Konstanz und ons z

Friedrichshafe. Wenn i hett welle, hett i känne bi beide laif debei si, aber i hon minere innere Schtimm gfolgt und bi dohom bliebe, und des war wunderbar.

Die Mei und i sind vor de Glotze gsesse, und uf em Tisch sind drei Fläschle Randegger Ottilienquelle gschtande, mitsamtere Schale mit Salzschtängele. S hot also a nix gfählt, und denn isches losgange mit däne Laif-Ibertragunge. So guet wie uf em Bildschirm hetted mir nie gsäeh, wemmer au bi däne Zueschauer ghockt wäred. Die Fraue und Manne, wo ufträte sind, wared ganz noh do, nu selle, wo it hond derfe ufträte, die wared weit weg. Seit dere Fernsäehfasnet woß mer nämlich endlich genau, wa en Star isch und wa kon isch. Wa kon isch, des isch zweite Wahl, mer kännt au sage de Ausschuß. Weller Ausschuß de Ausschuß vu de Star vum Ausschuß trennt, des honi bis etz it kapiert, aber i kumm scho no dehinder. I hon Narre kännt, die wäred besser gsi, als selle, wo se im Fernsäeh zeigt hond, aber grad des isch min gröschte Irrtum.

Unsereins verschtoht doch nint vu sottige Entscheidunge. Wa guet isch und weniger guet, wird alleweil vu de Fachleut entschiede und it vum Volk. So isches i de Kunscht, und so isches au bi däne Laifsendunge vu de Narrekonzert. Wo kämemer au na, wenn it ä Elite entscheide dät, wa guet und wa weniger guet isch. Des gäb jo s reinschte Kaos. Uf alle Fäll, i bin froh, daß mer mir die Entscheidung abnimmt, etz könned die Mei und i seeleruhig zuelueuge, wie sich die Elite vu de Narre vor de Kamera bewährt. Des isch nadierlich au ä Sach, wenn de als Narr i de Glotze kummsch. Uf on Schlag bisch no wer, au wenn de vorher nint gsi bisch. Millione säned dei Gsicht und wissed, der oder die isch Schbitze, des isch fasnächtliche Elite. Höcher ka en Mensch, wo en Narr isch, nie meh kumme.

Wa fascht no meh Schbaß macht, wie däne Aktöre zuelueuge und zuelose, des sind die Blicke, wo die Kameras is Publikum werfed, wo mer ganz deitlich d Leut zeigt, vor allem Gsichter. Wo se d Frau Gäckele zeigt hond, honi die Mei gschtupft und zunere gsagt, »guck au, selle Gäckele, die Kueh isch au do«. Wo de Knirschle groß im Bild war, hot die Mei gmont, »ha, der moß sein Riebel doch au iberall vorne dra hon«. Sottige Kommentärle ka mer nu dohom abgäe. Wemmer selber im Saal gsi wär, hetted des vielleicht andere Leit vu uns gmont, wemmer uns zwei zeigt hett, aber uns ka me it zeige, weil mir Narrekonzert dohom alueged und im Fernsäeh saumäßig dankbar sind, daß es unsere Fasnet entdeckt hot.

De Schtehempfang

Mer schtond etz halt wieder mol rum,
gucked rum und als wieder mol num,
ohne daß des ebbs bezweckt,
i de Hand ä Glas Sekt...

Mer schwätzt mol mit dere und dem,
de wosch ab und zue it mol mit wem,
aber Schriftdeutsch und meglichscht perfekt,
i de Hand ä Glas Sekt...

Schwätz eifach, iberleg it lang wa,
sag it »hä ä« und gottswille it »na«.
Sag »ja,« daß mer mont, hetsches tscheckt,
i de Hand ä Glas Sekt...

Etz griegsch ebbes, Häppchen heißt des,
mit Fischeier, obedruf Majones.
On Biß, und d Krawatt isch verdreckt,
i de Hand ä Glas Sekt...

Etz schtell i mei Glas ufs Klavier,
butz d Krawatt mit Serviettepapier.
Alle lueged, i schpühr des direkt,
i de Hand ä Glas Sekt...

»Gnädige Frau, sind Se bitte it bees,
Sie hond rechts am Mul Majones!«
Wieso duet etz die so verschreckt,
i de Hand ä Glas Sekt...

De Hausherr grüeßt seither mi nume,
hon nie meh zume Fäscht derfe kumme.
Ich sei ein primitives Subjekt!
Nie meh i d Hand ä Glas Sekt!

Führerschein

S kännt jo sei, daß manche mi etz fir en alte Simpel halted, wenn i des Bekenntnis ableg, daß Autofahre fir mi mit zum Schänschte ghört, wa i mir a Lebensqualidät leischte ka und au leischt. Nei, daß mer uns it mißverschtond, i bruch kon Porsche und kon Alfa Romeo. I bruch kon Silberpfeil und kon Maserati, mir duet's min VW. Wenn se mir den aber eines Tags wegnähme täted, i glaub, daß i todunglicklich were dät.

I gäb vill freiwillig gern her, wani so hon, nu mei Autole it. Des isch it irgend en Schpliin, wie d Engländer saged, wa bi uns heißt, en Furz im Hirn. Des isch bi mir ä richtige Filosofi, mit eme ganz diefe Hindergrund. I hon eigentlich ersch als Rentner so richtig us Herzensluscht mache känne und derfe, wa mir gfallt und wa i kaa. Lange Ziit vu mim Läbe bin i ime Büro ghockt und hon menkmol wehmüetig zum Fenschter useglueget, wenn Flieger als wiiße Schtrich am Himmel zoge hond. Dert dobe, wo die gfloge sind, des war fir mi de Inbegriff vu de Freiheit. Lang honi iber mim Schreitisch ä großes Foto vume Fantom-Tschet ufghängt, wo mir en Pilot gschenkt hot. Der uf dem Foto, der war fir mi frei, aber i wars in Gotts Name it.

Denn homer känne unser erschts Autole kaufe, die Mei und i, en uralte VW, denn isch d Welt fir mi zmol weng andersch wore. Nadierlich bin i all no i mim Büro, mit de Zimmer-

nummere 203, eigschperrt gsi, und des all Tag acht Schtund und meischtens no meh. Aber des Gfiihl, daß i etz abe go könnt, uf de Parkplatz und i mei Autole hocke und mit eme volle Tank bis ufe ge Köln fahre könnt, ohne omol aahalte, des hot mir ä Gfiihl vu Freiheit gäe. Und jedes Mol, wenn i mi i mei Autole hock, i mei VW-le sitz, no kummt bis heit wieder des schäne Gfiihl, daß i etz mit om onzige volle Tank ganz dief i d Schwizz, nach Italie, Öschtreich oder Frankreich fahre känt.
Nadierlich mach i des it, aber i känt, wenn is wett! Und wenn i woß, daß I känt, no fallt der Zwang, daß i ebbes will, woni it ka, no fallt der vu mir ab, wie Kette a de Füeß. Die Mei lachet als hälinge weng, wenn i a mim Freiheitssimbol rummach, aber des isch mir gliich. Hoffentlich nähmed se mir nie de Führerschein ab, des wär fir mi en schwere Schicksalsschlag. Neilich honi mol oemeds ä Ampel iberfahre. I hons ersch gmerkt, wos blitzt hot.
Ime Frageboge honi möße erkläre, wägewarum und wieso. I hons ganz erhrlich, demütig, bescheide und direkt underwürfig erklärt und bin mitere Geldbueß devukumme, obwohl se om suscht bi so ebbes de Babbedeckel vier Woche wegnähmed. Nei, i hon gern blecht und hon min Führerschein küßt, wos niemerd gsähne hot. Trotzdem honi ä saumäßige Freid ghet, woni glese hon, daß ä ältere Frau vum Schperrguet so en Blechkaschte mit hom gnumme hot, weil se denkt hot, des sei am End en Mikrowelle-Herd, den känt jo ihren Sohn wieder herrichte. S war aber de Blitzkaschte vu de Radar-Kontroll, und den hond se dem Fraule glei wieder abgnumme. Isch des it schä?

It agschnallt

Er und Sie sind guete Freund vu mir, drum derf i au it schriibe, wer des Päärle isch, aber sie isch halt so schä, die Gschicht, daß i se it fir mi bhalte ka. S isch so ä richtige Ehegschicht fir reifere Ehepäärle, so mitte usem Läbe.
Zume Geburtstag wared se eiglade, die zwä, und 's hot pressiert. S war scho hekschte Zeit, aber mer isch wieder mol it zum Loch use kumme, wies halt so isch. Z letscht isch me denn doch is Auto iigschtiege und Er hot scho gmulet, »mit dir kummt me au nie zeitig furt, und heit simer scho wieder zschpot dra«! Sie hot denn nu zruck gmaulet, »des mosch du mir grad sage, wo de bis uf die letsch Minut am Telefon hangesch«! Me isch denn zuegfahre, aber 's hot sich usegschtellt, daß Sie d Brille dohom loh hot, und ohne Brille sieht se eifach nint.
»I mecht nu wisse, wo du dei Hirn hosch«, hot der Gatte geflötet, denn isch mer umkehrt und hot die Brille gholet. Uf de Stroß noch Volkertshuse schtoht uf omol d Polizei und macht Gechwindigkeitskontrolle. Sie sind korrekt gfahre, die zwä, aber Sie hot i de letschte Sekund gmerkt, daß se it agschnallt gsi isch.
Scho hot der Bolizischt sei Kelle hochghebt und die zwä aghalte. Er hot gschimpft und gmont, »au des no, mond die uns usgrechnet ahalte, wo mir sowieso scho zschpot dra sind«. Denn hot Er mitgriegt, daß Sie kon Gurt hot dane ghet

und den schnell no hot anetue welle. Etz hot Er die Sei aber rablaufe loo: »Ha, mit dir moß mer nu Auto fahre, no isch mer glieferet! Kasch du dich it aaschnalle wie ander Lüt au, wa hosch denn du im Hirn usser Bledsinn, des isch doch s Erscht, wa me macht, wemmer ine Auto schteigt!«
Sie hond ghalte und Sie hot d Schiibe abedrillet. De Bolizischt hot guete Tag gset, und Sie hot gmont, sie heb halt de Gurt grad no anetu, sie hett's in gottsname halt vergesse, aber Er hot glei s Echo glieferet und gmont, »ka me au so bled sei und s Aschnalle vergesse, aber die Wiber hond halt vum Autofahre ko Ahnung, s Onzig wa se känned, isch inehocke, de Lenker hebe und Gas gäe«! Do hot der Bolizischt leise vor sich ane glacht und gmont: »Aber reagiert hot se sofort, wo se uns vu weitem gsäeh hot und sofort de Gurt anetue. Sie hond bis etz no ko Reakzion zeigt, denn Sie sind alleweil no it agschnallt!«
Er gucket a sich abe und schtellt entsetzt fescht, daß Er kon Gurt dane hot, weil's so pressiert hot, wo se eigschtiege sind, daß sogar Er, de Herr des Hauses und Familievorschtand, vergesse hot, daß er de Gurt anetuet. Normalerweis hett des etz 120 Mark koscht, 60 Mark pro Person, aber der Bolizischt hot so ä Freid a dere Ehetragödie ghet, daß er gmont hot: »No wämer nomol ä Aug zudrucke, sie känned weiterfahre!« Etz moß mer no dezue sage, daß Sie ä ganz gschwollne Bruscht griegt hot, vor luter Freud, daß Er mit sinere Maulete so sauber uf de Ranze keit isch, und Er hot no ä dreiviertel Stund lang alleweil nu laut vor sich ane gschwätzt: »Daß mir so ebbs bassiere ka, wo i mi doch alleweil sofort aaschnall, wenn i is Auto eischteig, daß mir so ebbes bassiere ka!« Sie hot denn nu no gmont: »Etz reg di nu wieder ab, so isch halt s Läbe!«

Im Kaufhaus

Mensche, wo schreibed, die schreibed zwar, daß es ander Leit lese sotted. Sie schreibed aber au, wenn se's ehrlich zuegäbed, fir sich selber. Mer ka sich mit Schreibe inwendig menkmol weng Luft mache. Bsunders denn, wemmer sine innerschte Gedanke zu Babier bringt, obwohl des gfährlich isch, wemmer ander Lüt i sich ine luege loot. Aber sottene Eiblick moß en ehrliche Schreiber eifach zueloo, damit andere Leit au mol säned, wamer in Wirklichkeit fir en Kerle isch. Viellicht goht's dem oder sellere au so, wie's mir efters goht, und des dät viellicht sellen oder die sell weng trööschte. Also, i fir mei Person hon meischtens ganz firchtige Gedanke wenn i wieder mol i some große Kaufhaus eikaufe sott. I schäm mi zwar wäge däne Gedanke, aber sie sind trotzdem do.

Mer soll jo sin Näkschte lieben wie sich selbscht, aber wa om do menkmol vergege kummt, um om rum und a om vorbeilauft, des macht mir saumäßige Schwierigkeite mit dere Näkschteliebe. De Mensch ka jo eigentlich nint defir, wiener ussieht, aber ä glei weng ischer scho selber dra schuld, wener so wüescht isch, wie'ner wüescht isch. En Maa derf jo weng en Ranze hon und ame Wiib sott au e bitzele ebbes dra si, aber wa z'vill isch, isch z'vil, und drei Meter isch eifach z'hoch fir en Sauschtall, saged se bi uns uf em Land.

Wenn om so ä ganzes Gschwader vu so richtig fette, schwitzige Fregattene vugege kunnt und au no mit some schäne scharfe Gschmäckle oder Maane mit kurze Summerhose, wo de Ranze iber de Gürtel abelampet, daß me d Schnalle nume sieht, barfueß i Sandale und Krampfodere a de Füeß, wie Fahrradschlüüch, do krieg i richtig schtarke Zweifel, wenn mei innere Schtimm frogt, ob des alls au Ebenbilder oder mindeschtens Kinder Gottes seied. Wenn se wenigschtens no luschtige Gsichter ane mache däted, aber sie schießed durch d Gegend, wie wemmer se gschickt hett zum Sterbewäsch ge Eikaufe. Au die Junge, wo eigentlich no schäner wäred, wenn se sich it mit Fleiß wüescht mache däted mit däne grausige Klamotte, wone die moderne Diktatore, die Mode-Zare, wone die mit geheime Zwäng klarmached, wa etz grad »in« oder »out« isch, vill vu däne Junge lueged au alls ander als fröhlich i d Welt. Vill mached Gsichter, wie wemmer ihne s Läbe ufzwunge hett. Des schtimmt zwar uf ä gwisse Weis, aber so schlimm ka des Läbe hüt doch au it sei, au wenn's etz grad erscn mittags um drei isch und die Disco ersch um achte z Obed wieder of macht. Wenn i denn wieder zu some Kaufhaus dusse bin und z'erscht mol dief Luft hol, denn hett i gern ebber, mit dem womer iber so ä Thema schwätze kännt, aber mit sottige Gedanke isch mer meischtens muetterseeleelei. Zu allem ane honi am Obed noch some Kaufhaus-Erlebnis im Fernsäeh au no en Film gsäeh iber de Untergang vum Neandertaler, wo ugfähr vor 30000 Johr usgschtorbe isch. De Homo Sapiens hett en verdrängt, moned se, debei isch der Neander scho vor 300000 Johr us em Homo Erectus hervorgange. Do ka mer sich mol ä Vorschtellung devu mache, wie lang des no goht, bis unsere Raß mol abglöst wird durch ä Menschesorte, wo sich it manipuliere loßt und mit eme fröhliche Gsicht durch d Gegend lauft. S goht no saulang!

Heit tue i nint!

Morge isch en Feiertag fir mi. S isch kon gesetzliche und kon kirchliche Feiertag, 's isch eifach nu en Feiertag ganz elei fir mi. Manchmol leischt i mir so en Feiertag, und zwar mitte under de Woch, a irgend eme Werktag. S ka au am Anfang und am End vunere Woch si, wenn fir mi Feiertag isch, des beschtimm i ganz elei und it ebber andersch. Etz wäred sicher manche froge, wie i des mach, wenn i en Feiertag mach, und weil des fir mi ko Geheimnis isch, ka i des au verrote. A irgend eme Tag, wo i wieder mol so richtig d Nase voll hon, mit mache und tue und des moß i und sell sott i, do sag i mir denn ganz eifach, »sodele, und morge mach i Feiertag«. Denn wach i am Morge uf und woß genau, heit isch Feiertag, des honi geschtern feschtglegt. Mer schtoht all Morge zunere beschtimmte Zeit uf, aber am Feiertag blieb i liege.

Bim Liegebliebe sag i mir denn, wenn i wett, no dät i etz de ganz Tag liege bliebe, und des Gfiehl isch unbeschreiblich. Wemmer woß, daß mer de ganz Tag liege bliebe kännt, wemmer wett, no iberschtrömt om z'mol ä innere Rueh, die ka mer garit schildere. Mer isch denn au nume müed und schtoht uf, und bim ufschtoh sagt mer sich immer wieder nu des eine: »heit isch fir mi Feiertag, und heit tue i nint, aber au rein gar nint«. Nu wer mit vollem Bewußtsein nint tuet, der hot ä Ahnung, wie unglaublich guet des tuet,

wemmer nint tuet. Nadierlich zieht mer sich a und wäscht sich. Mer butzt au sine Zäh, aber vor em Rasiere frogt mer sich scho, zu wa au und let de Rasierapparat wieder weg.
Z Morge esse tuet mer au, aber so lang wie mer will, und näbeher liest mer sei Zeitung und des au, so lang mer will. S Telefon hot scho dreimol gschellet, aber i hon mer gset, loß schelle, heit brucht kon ebbes vu mir welle, heit tue i nint.
»Wa mosch heit alls mache«, frogt die Mei, und i gib ihre die erschepfende Antwort: »Nint!«
Weil die Mei mi guet kennt, bohrt se au it lang i dem »Nint« umenand und lohts eifach schtande. »No genieß es au«, mont se nu, und i sag denn, »do kasch de druf verlosse!«
Noch em Frühstück hock i mi i de Sessel und lang noch eme Buech, aber noch zwei Seite klapp is wieder zue und sag mir, des isch nint fir heit, heit wird nint tue. Denn leg i de Tschope a und lauf i d Stadt.
»Wa machsch au all«, frogt mi de Erscht, wo i triff, und dem sag i denn nu, »heit tue i nint!« Die meischte Leit schittled de Kopf, wemmer zunene set, heit tue i nint, weil se dere Meinung sind, mer tuet alleweil ebbes, nint tue, des giit's it. Sie hond halt alle ko Ahnung vu dem bewußte Nint-tue. Hinder dem bewußte Nint-tue verschwinded alle Zwäng. Nix mueß mer möße, mer macht nu grad, wamer will und wemmer nint will, no macht mer nint. Spaziere laufe oder i de Stadt bummle, eifach nu so, ohne Ziel, ohne Uftrag, ohne Druck, ohne Wünsch, nix tue, nu laufe und abot weng schtoh bliebe, denn hom goh, weng ane liege und sich sage, und heit Obed tue i nint, rein gar nint, des giit ä feierliche Schtimmung is Gmuet, und so en feierliche Tag isch en Feiertag!

It gern schaffe

Vor ä paar Tag bin i om vu dene riesige Gschäfter is Gschpräch mit eme junge Verkäufer kumme. Er ghört it zu sellere weit verbreitete Sorte vu Verkäufer, wo nu im Lade umenandschtond und grad no s Preisschild lese känned. Er hot weng gjommeret, der junge Verkäufer, iber seine lange Gschäftszeite. Manchmol beneidet er sine Freund, wo i de Induschtrie oder bim Staat schaffed. Die gond um viere am Mittag scho hom, und sie hond am Samschtig au no frei. Drei Lehrling seied i dem Johr scho abgschprunge, weil se gmont hond, so lang wetted se it im Gschäft hocke, und am Samschtig wetted se au it ge schaffe. Aber wenn's ihm abot weng schtinke dät, no dät er nu i de Zeitung nochluege, wievill etz grad ko Arbet krieged, und no sei sin Fruscht glei wieder vorbei.

Wieso schafft de Mensch eigentlich it gern, honi mi uf em Homweg gfrogt, denn isch mer die Schtell im erschte Buech vu de Bibel eigfalle, wo's heißt, »im Schweiß deines Angesichts sollst du dein Brot verdienen«. Wo de Herrgott de Adam und d Eva us em Paradies use gworfe hot, no hot er dene beide des no nochgruefe. S Schaffe soll also ä Schtrof defir sei, daß se s Paradies verscherzt hond.

Mol abgsäeh devu, daß die heitige Schriftgelehrte mit dere Paradies- und Sündefallgschicht firchtrige Müeh hond, daß die im sogenannte wisseschaftliche Zeitalter no kapiert wird, wobei se grausige Klimmzüg mache mond, bim sogenannte Interpretiere, wer schwitzt denn hüt no bim Schaffe? Nadierlich giit's no Arbeitsplätz, wo om s Wasser abe lauft, aber die meischte schwitzed doch ersch bim Freizeitsport oder i de Sauna. Mit em Kugelschreiber und vor em Compjuter ka mer zwar verruckt und nervös were, aber de Schweiß lauft hüt selte om vum Angesicht, wemmer vu de Gaschtarbeiter mol absieht. Aber meischtens sind selle, wo bim Schaffe it schwitzed, bi de Arbet grätiger als selle, wo no so fescht anelange mond, daß ene s Wasser abe lauft.

Wa giit's doch haufeweis maulige Busschofför, grätige Gschtalte hinder de Schalter, maulfaule Agschtellte und Beamte, wo om s Mul it gänned, wemmer se ebbes froge moß, dene s ganz Lebe zum Hals use hängt, nu weil se fimf Tag i de Woch ä paar Schtund ge schaffe mond. Do ka de Adam mit sinere Eva nime Schuld dra sei, des moß a ebbes anders liege. Debei giit's bi uns etz efange Millione, wo gern schaffe däted, aber sie hond kon Arbeitsplatz. I mon etz it di selle, wo gar kon Arbeitsplatz wänd, weil de Staat so guet fir se sorgt, daß se sich saged, »i wär jo bled, wenn i ge schaffe ging!«

En todsichere Arbeitsplatz hond hüt zum Beischpiel selle am Zoll. Aber die selle, wo do driber glicklich und zfriede sind, des sind scho fascht Exote. Mer moß grad froh sei, wenn se no weng mit em Kopf nicked, daß mer zuefahre derf. Wenn on winkt oder so duet, als ob er winke wett oder dät, no hot mer scho Glick ghett. Vor zwei Woche hot on mol richtig gwunke und debei au noch freundlich glacht, aber der isch sicher kurz vor de Pensionierung gschtande. Ersch neilich hot de Schwiizer sich grad mit sinere frischgebackene Kollegin underhalte, und i hon ums Verrecke it gsäeh, hot er etz gnickt, oder hot er it gnickt. No furzt der mi au no a: »Wötted Sie am End do hane do übernachte?« No honi nu gmont: »Nei, aber i dät au gern weng mit dere hübsche Zöllnere schwätze, die gfallt mer nämlich scho besser als Sie«. Er hot denn s Mul ghalte und i meins au, denn bin i zuegfahre.

Schprudl

Schprudl heißt Schprudl, weil er schprudlet. Des isch Wasser, mit Kohlesäure inere Flasche oder Gutter. Wemmer denn die Gutter oder Flasche uffmacht, no schteigt die Kohlesäure i lauter kläne Bläterle, des sind Bläschen, noch obe. Drum saged se zum Schprudl au Bläterleswasser, und d Alkoholiker behauptet, vum Schprudl saufe dät mer Läus, oder Lüs, wie se do saged, i de Buuch kriege.
Vill behauptet jo, und d Mediziner sind au der Meinung, daß Schprudl gsund sei, weil des ko gwähnlichs Wasser isch, sondern do sind Mineralstoffe dinne, und die sind für und gege alls, wa de Mensch nu ho ka. Früener hond se zum Schprudl au Proletarier-Sekt gseit, aber seit ä winzigs Fläschle mit eme Viertele Mineralwasser ime Lokal meh koscht wie ä Viertele Hohentwieler Elisabethenberg, do isch de Schprudl hoffähig wore, drum moß mer Mineralwasser bschtelle, wemmer heit oemeds en Schprudl will, denn des Personal i de Gaststätte isch meischtens it vu do und woß drum au it, daß Schprudl Mineralwasser isch. Wenn die Mei als zumer set, »heit sott mer denn au no Schprudl hole«, liit scho en leichte Schatte uf mim Tag.
Unsere Schprudlkischte sind im Kär, dert wo d Herdöpfel sind, weils do küehl isch. I unsern Kär kummt me vu usse im Hof iber ä Treppe durch d Weschkuche. Des sind drei Türene und zwe Lichtschalter. I schtell denn s Auto mit em offene Kofferraum meglichscht nooch a d Weschkuche-Keller-

treppe und will die leere Kischte hole, aber etz isch d Weschkuche-Kellertüre abgschlosse. Nomol nuf i d Wohnung und de Schlissel gholet und wieder quer durch s Hus bis a d Weschkuchetüre. Ine mit dene zwei leere Käschte und ab i de Supermarkt.

Mit eme Eikaufswage transportier i die leere Kischte an die Leergutannahme, aber do moß i zerscht schelle und warte, bis ebber kummt und mir die Käschte abnimmt und s Pfand bescheinigt. Etz isch alls i allem scho ä halbe Schtund rum. Z oberscht dobe uf em Schprudlkäschte-Stapel isch mei Marke, und vu dere hangle i denn zwei so Käschte us zweimeterfufzg Höhe obeabe und fahr a d Kasse. Dert isch ä Schlange, und wa fir one. Nei, I mon it die Frau a de Kasse, i mon die Schlange Mensche und Menscher mit voll bepackte Wäge, wo alle au zahle wänd. Die Mindschte, wo all zwische ine drucke wänt, sind d Rentner, weil die alls, nu ko Ziit hond. Denn schtand i do und waart.

Inzwische känned mi Schtucke fimf und on rueft zumer num, daß mers im ganze Supermark heert:»Hei, Wafrö wa isch, pfiifsch uf em letschte Loch, daß de scho Schprudl suufe mosch.« I sag denn nu ziemlich quält:»Du wosch jo, wa seller zu sich selber gset hot. Oh wie schmeckt au der Schprudl guet, hett i nu mei Häusle no! Mer moß sich bim Schprudl suufe nu vorschtelle, des wär Schampanjer, no bisch inere halbe Schtund au bsoffe, 's isch alls nu ä Frog vu de Fantasie!« I hon denn endlich eiglade, bi hom gfahre und hon im Schweiß meines Angesichts die zwei volle schwere Käschte iber d Weschkuche-Kellertreppe bis in Keller transportiert. S Erscht, wani im Kär wieder gsäeh hon, woni Liecht gmacht hon, wared die zwei leere Apfelsaft-Käschte. Die sott mer ... aber heit it und morge it und ibermorge it glei! Bim z Mittagesse isch denn wieder ä Glas Schprudl näbem Teller gschtande, und die Mei hot gmont:»Du känntescht heit Mittag denn au no wieder Apfelsaft hole!«

Kultur

Mit unserm Kulturbegriff ka ebbes it schtimme,
saged, waner wänd, i verschtand des halt nime.

Des isch doch s gliich wie des Wort »kultiviere«,
und des heißt doch »veredle«, des ka mer kapiere,

des ka mer d Natur, und des ka mer de Mensch,
nu wie se den kultiviered, us de Huut fahre känntsch.

Voll Hoor sind se gsi, uf de Böm hond se ghaust,
sich kretzt und sich bisse und denn enand glaust.

Uf alle Viere sind se zerscht gloffe,
hond Wurzle gfresse und Wasser gsoffe.

Etz sind se gwäsche und nume verdreckt,
hüt verdrucked se Lachs, und sie schwimmed im Sekt,

sie suckeled am Hummer und knabbered Wachtle
und wohned i Hüser wie riesige Schachtle.

S Wiib läbt wie d Manne und d Manne wie d Frau,
und ersch no die Kunscht, die verschteht jo ko Sau.

Sie saged Musik, aber 's glepft nu und kracht,
und sie schlucked so Glump, wa se bsoffe denn macht.

Sie bohred sich Löcher durch sämtliche Glieder
und drucked sich Ring nei, etz sind se bald wieder

– und des soll Kultur sei, Menschenskind –
genau wieder dert, wo se herkumme sind.

Neandertaler

Do soll mol on kumme und sage, die GEN-Forschung sei Luxus und Mumpiz. Wa mer dodemit alls mache und usekriege ka, do ka mer nu no de Huet abezieh vor dene gschiide Forscher. Etz hond se nämlich use gfunde, daß mir, also de Mensch, daß mir it vum Neandertaler abstammed, weil de sell nämlich schpäteschtens vor 50000 Johr usgschtorbe isch. Etz wissed se efange ziemlich genau, daß de Mensch, so wie'ner heit isch, vor ugfähr 100000 Johr in Afrika entschtande isch, und vu dert us hot er sich denn iber die ganz Welt verbreitet. Der Menschetyp, zu dem mir ghöred, zu dem saged se Homo sapiens, des isch de Mensch, wo denke ka. Und der hot den Neandertaler allmählich verdrängt, bis mol de Letscht vu däne au no gschtorbe isch.
Des moß mer sich mol ganz langsam durch de Kopf goh lo: mir sind alle Homo sapiensler, also Mensche, wo denked. Kone Neandertaler mit eme flache Hirn, obwohl die selle scho ihrene Tote begrabe und us Mammutknoche Hütte baut hond. Sie hond känne schwätze und uf Knocheflöte Musik mache, hond d Wisseschaftler feschtgschtellt. Aber de Homo sapiens war halt intelligenter, und vu dem schtammed mir alle ab, wo etz läbed. Also, wo i des etz i verschiedene Ufsätz glese hon, do sind mir doch schwere Zweifel kumme. Wemmer mit halbwägs offene Auge durch s Läbe goht und sei Umgebung, wo se etz Umfeld dezue saged,

wengle genauer aalueget, no ka die neue wisseschaftliche Theorie it schtimme.

Mer hot sogar usegfunde, daß selle Neandertaler sogar fir die Gebrechliche gsorgt hond. Etz isch des doch eifach so: i kenn en ganze Huufe Weible und Männle, die känned ko Musik mache, weder uf Knocheflöte, no uf'ere Mundharmonika. Und denn die Behauptung, de jetzige Mensch sei de Mensch, wo denkt! Ha, des isch doch fascht scho ä Beleidigung fir alle selle, wo wirklich denked. Als wäred alle die, wo etz läbed, hochschtirnige Type und kone Flachköpf. Des ka bim beschte Wille minere Ansicht noch it sei.

Wenn i als nu i de Rückspiegel vu mim Auto lueg, wenn on hinder mir huped, weil i anere Ampel it schnell gnueg loszisch, wenn se uf Grün umschaltet, wan i do sieh, hat mit eme Homo sapiens so vill wie nint ztued. Grad im Stroßverkehr hot mer doch jede Tag des Gfiihl, als hetted se de Hälfte vu de Menschheit s Hirn amputiert. Die halslose, vollschlanke Type, wo do i dene sündhaft teure Kärre hinderm Lenkrad hocked, des mond doch eifach die Nochfahre vum Neandertaler sei. Allerdings frog i mi do au wieder glei, ob die Musik, wo die Neandertaler uf ihrene Knocheflöte gmacht hond, ob die it melodischer, ob die it schäner war, wie die Hammerete uf sonere Techno-Party.

Wenn so en Klopfer mit ufdrehte Lautsprecher i sim Kabrio a de Ampel schtoht und die ganz Gegend beschallt, bis ufe i de achte Schtock vume Hochhaus, no schtammt der wahrscheinlich weder vum Neandertaler ab, no vu dem Homo sapiens. S moß no ä dritte Menschesorte gäe, vu dene mir abschtammed, aber die hot mer, glaub i, bis etz it entdeckt. De Mensche-Aff ka's it sei, denn wo i neilich im Züricher Zoo so om zueglueget hon, no hot der mir fimfmol hinderenand de Vogel zeigt. Uf alle Fäll glaub i it, daß de Neandertaler ausgschtorbe isch. Ehnder glaub i, daß sich de Homo sapiens etz grad ine Sackgass entwicklet.

S Goethe-Hirn

Im letschte Johr isch allerhand los gsi. Ebbes vum Wichtigschte war de 250ste Geburtstag vum Johann Wolfgang von Goethe, zu dem, wo mir eifach nu »de Goethe« saged. Des isch ko Reschpektlosigkeit vor dem große Dichterfürscht, des hot sich halt im Lauf vu de Zeit eifach so gäe. Eigentlich sind mir Mundart-Schriiber-Schriftsteller-Dichter so ä Art Kollege vum Johann Wolfgang. Er hot jo au vill Simpatie fir em Johann Peter Hebel sine alemannische Gedicht empfunde. No dät er, wenn er no läbe dät, viellicht au weng Simpatie empfinde fir des, wa unsereins uf alemannisch so zämmeschreibt.

Nadierlich glaub i eigentlich kaum, daß de Kollege Goethe mine Sache lese dät. Der dät ehnder de Grass, de Walser oder de Reich-Radicki lese, aber mer ka jo nie wisse, ob ihm it mol ebber des Buech »S wird all bleder« schicke dät, und wahrscheinlich dät de Johann Wolfgang dem Titel sogar zuestimme. I bi do druf kumme, wo i etz gläse hon, daß se sin Sarkofag anne 1970 uff gmacht und de Rescht vu sim Leichnam konserviert hond. Mit em Kollege Schiller hond ses ibrigens scho anno 1959 genauso gmacht. Bi däne Schiller-Knöchele isch mer sich aber heit no it im klare, ob's die Knechle vum Friedrich sind, oder ob er mol vertauscht wore isch. Des isch aber zweitrangig. Mir Katholike verehred vill Heiligeknechle, wo vu allem megliche sind, nu it vu Heilige. Reliquie sind Reliquie und dodemit baschta.

Aber etz hond se äbe im domols sozialistische Deitschland unsern Johann Wolfgang »mazeriert«, weil sen nume hond mumifiziere känne. Sie hond s Gewebe no gar vu de Knoche weggschabet und verbrennt. Mer hot denn des Skelett greinigt und mit Schaumstoff gschitzt und wieder i de Sarg glegt. De Lorbeerkranz um sin Kopf hond se mit Kunschtstoff verstärkt, und uf eme Handwägele hond se de Dichterfirscht vor und noch dere Behandlung nachts durch Weimar karret. Des wär jo alles no einigermaße gange. Wa mi aber scho saumäßig ufgregt hot, des war die Tatsach, daß se hond welle die Größe vum Goethe-Hirn messe, und dodefir hond se feine Sand i den Doteschädel gleert und feschtgschtellt, daß 1550 Milliliter ine gange sind! Etz, wa will des scho bedeite? Mer ka doch it am Inhalt vume Gfäß uf d Qualidät vu dem Inhalt schließe. Des dät jo bedeite, daß jeder Wasserkopf ä Schenie wär. Des moß mer sich mol vorstelle: de Johann Wolfgang von Goethe hot Sand im Kopf, dert wo mol sei Hirn gsi isch! Isch etz do die Frog it erlaubt, ob selle, wo des angeordnet, und selle, wo des gmacht hond, ob die it etz scho zu Lebzeite anstatt Hirn nu Sand im Kopf ghet hond? S isch zum Bläre, dät i sage, denn jedes Mol, wenn i etz de Fauscht i d Hand nimm, no fallt mir schlagartig ei, daß se unserm Dichterfürscht Sand i de Kopf gschittet hond.

Sand anstatt Hirn hond au scho selle ghet, wo im Johann Wolfgang sei weltberühmtes Zitat us em Götz is Lateinisch mit »Lex mihi ars« ibersetzt hond. Mer hot sich scho domols bim Schwätze en edle Anstrich gäe welle, damit mer bim Handle umso meh d Sau uselosse ka. I de erste Usgab vu sellem Götz isch nämlich gschtande: »Er aber, sags ihm, er kann mich am Arsch lecken!« Also, wenn unsern Goethe in Himmel kumme isch, wa mer it so genau woß, weil ers mit de christliche Dogmatik it so ghet hot, wenn er aber ine kumme isch und vu dert us gsäne hot, wa se mit sim Hirn gmacht hond, no hot er sicher i sim edle Deutsch vor sich anebruttlet »Ich aber, ich sags euch ihr könnt mich ...«.

Poschtmoderne

Die Ziit, i dere mir etz grad läbed, zu dere saged d Filosofe, des sei die Poschtmoderne. Des hot nix z'tued mit de moderne Poscht, wo d Briefkäschte nu no omol am Tag ge leere kunnt. Na, des kunnt us em Lateinische. Ante heißt vor ebbes und post bedeitet noch ebbes. Wenn mir also i de sogenannte Poschtmoderne läbed, mir saged it »post«, mir saged »poscht«, no läbed mir also i de Nachmoderne, wo mir saged Noochmoderne. Des bedeitet nix anders, als daß mir nume modern sind, sondern scho driber dusse. Do moß me obacht gäe, denn »driber dusse«, des sind selle, wo ibergschnappt sind.

S kännt aber au sei, daß mir alle scho ibergschnappt sind, bloß merkt's de einzelne nume. Er kas jo au it merke, denn wenn alle ibergschnappt sind, no hot de Einzelmensch jo kone Vergleichsmeglichkeite meh. Wenn alle ibergschnappt sind, kummt sich de einzelne ganz normal vor, wenn er so isch, wie die andere, weil denn ibergschnappt normal isch. Also, i zum Beischpiel glaub felsefescht dra, daß mir i de Poschtmoderne läbed, weil mir i fascht alle Beziehunge driber dusse sind. Min Freund, der wo Schefarzt inere psychiatrische Klinik isch, der hot ersch neilich mit eme ziemlich traurige Gsicht zu mir gset: »Wosch, jeder Mensch hot i sim Hirn ä Nische fir de Schwachsinn!« Der moß es jo wisse, der hot des Fach jo schtudiert. Wa wared mir modern, wo die sexuelle Freiheit uusbroche isch.

Bsunders die ältere vu uns mit ihrem unstillbare Nochholbedarf sind vor em Fernsäher ghocket, wenn d Mamme is Bett gange isch, und hond sich durch alle Sender zappt, bis se en scharfe Pornofilm hond känne aaluege.
Die Kanäl wared voll. Uf schier allene Sender hond se sich geliebt, daß d Federe gfloge sind. Heit i de Poschtmoderne hot's scho merklich nochglosse. Uf de Punkt brocht hot des vor ä paar Täg ä liebe Bekannte vu mir, wo se verzellt hot, sie sei neilich wieder mol ame Obed vor de Glotze ghockt und hett ebbes Gschiids gsuecht. »Uf om Sender wared se grad dra, aber uf eme andere Sender war ebbs Spannends!« S isch no garit lang her, do hot's nix Spannenders gäe, als wenn se »grad dra« wared. Scho wieder vorbei, der Rausch, mir läbed äbe i de Poschtmoderne. S giit aber it wenig Zeitgenosse, die läbed no it mol i de Moderne, die schtond no dief dinne im Paradigma vum Mittelalter.
Sell Paradigma isch au so ä neus Wort. Wenn oemeds en völlig neie Zeitabschnitt aabricht, wo me ganz andersch denkt, no isch ä neus Paradigma aabroche. Mer ka im Heute läbe, aber gleichzeitig im Barock oder no früeher, ohne daß me groß schizofrän isch. Ä klassischs Beischpiel sind i de katholische Kirch d Minischtrante und etz, i de Poschtmoderne, au d Minischtrantinne. D Buebe hond Röckle und Chorhember wie vor ä paar hundert Johr und a de Füeß hond se die schaurige Turnschueh vu etz, vu de Poschtmoderne. Bi de Mädle isches genauso. A de Ohre hond se Glunker wie d Königin vu Saba. Ringle am Muul und Sternle i de Nase, wie z Afrika und z Australie, aber de Minischtrante-Rock und s Chorhemd sind it us de Poschtmoderne, die sind no usere Ziit, wo d Leit no andersch glaubt hond. Mir glaubed nadierlich heit au, aber äbe andersch. Mir glaubed heit poschtmodern, also weng »driber dusse«, us de Moderne. Wemmer aber do driber länger nochdenkt, no ka's sei, daß me driberd' use kunnt, oh nu des it!

Leithammel

Neilich hot mi wieder mol ä Zeitungsnotiz stutzig gmacht. I woß it, ob ihr die au gläse hond, aber i hon lang iber die Notiz nochdenkt. Bi Mannheim oemeds isch ä Schofherd usbroche und uf ä Bundesschtroß grote. Etz hond vier Bolizischte solle die Schofherd wieder dert na bringe, wo se her kumme isch und wo se ane ghört. Schlau wie Bolizischte sind, hond se de Leithammel ane Leine gnumme, denn sind die Schof friedlich dem Leithammel hinderher gloffe, aber der Hammel hot noch ä paar hundert Meter schlapp gmacht, isch ane gläge und nume wiiter gloffe.
Etz hond die Bolizischte den Hammel eifach i de Kofferraum vu ihrem Schtreifewage glegt, hond de Kofferraumdeckel offglo und sind im Schrittempo wiitergfahre. Und wa hond die Schof gmacht, sie sind alle brav hinder dem Streifewage her trottlet, weil se ihren Leithammel im offene Kofferraum all no gschmeckt hond. Noch zwei Kilometer wared denn alle Schof mitsamt ihrem müede Leithammel wieder dohom im Pferch. Wa mi nochdenklich gmacht hot, des war de Vergleich mit uns, mit de menschliche Gsellschaft. Mir moned jo allewiel, daß mir vill vill gschiider wäred, wie alle die Viehcher, wo uns angäblich understellt sind. Mir gebrauched d Näme vu de Viehcher jo nu als Schimpfwörter. Rindvieh saged mir zu sellene, vu däne mir glaubed, daß se it so gschiid sind wie mir. Dumme Sau, blede Hund und

95

Schofseckel saged mir efters zu unserne Mitmensche und ä Frau, wo it so tuet, wie mir moned, daß se tue sott, die isch fir uns ä Henne, ä Hennefidle oder wie se im Hegau saged, a Hörfüdle.

So eifach mached mir uns des, und debei renned mir alle, mit ganz wenig Usnahme, däne Leithammel noch, und mer renned ene au noch, wenn se ime offene Kofferraum sind, er brucht it emol offe sei. S fangt scho bi de ganz Junge a. Die Mädele brüeled und schreied und brieked jo wie die Gschuckte, wenn se ihre Pop- oder Rockidol nu scho vu wiitem säned, und die junge Mannsbilder sind ko Hoor andersch. Au die sogenannte Erwachsene sind it besser. Jede und jeder hot sin Leithammel, und dem sin Gschmack hot mer i de Nase, im Hirn, bis hindere i sell Stüble, wo se s Underbewußtsein vermueted. Mir dond zwar eso, als wäred mir ä Gsellschaft vu luter Individualischte, aber sell simer nu im »habe-habe-habe«.

Wemmer nämli mol weng genauer aneluegt, no simer all no Herdetierle und 's schiint eso, daß mer des bliebed, solang mer uf dere Welt rumdappet. Mer schwätzt doch, wa die meischte schwätzet, mer macht, wa die meischte mached. Mer ziehned a oder au us wa andere au aziehned oder usziehned. Mer hänged a uns ane wa andere au a sich ane hänged, und wenn uns ebber vor fufzg Johr gset oder gseit hett, daß se sich am End vu unserm Johrhundert a sämtliche Körperteil Löchle stupfe lond, damit se Ringle dra ane hänge känned, den hetted mir fir verruckt erklärt. Wenn morge ä paar sich de Zeigefinger abhaued, no laufed nu wenig Täg später Millione ohne Zeigefinger umenand. Wenn's demnäkscht Mode wird, daß mer sich ä Windrädle is Fidle schteckt, no giits bald nu no Hose miteme Loch hinde dine. Unsere Leithammel brucht me it emol ime Kofferraum vor uns herefahre, mir schmecked se scho vu wiitem und trottled hinderher ...

De Goggele

De Goggele ghört zu sellene Mensche, wo i arg gern mag. Mir känned uns scho ewig lang, und i woß bis hüt no it, wieso de Goggele Goggele heißt. Eigentlich heißt er Erich, aber sie saged ihm halt nu de Goggele. Viellicht kummt des doher, weil er it vill schwätzt, bescheide isch und nint us sich macht, obwold er en unglaublich gschiide Kerle isch. Mir treffed enand eigentlich it oft, nu wenn's de Zuefall grad will. Aber wemmer uns treffed, no homer alleweil ä Freid anenand.

Er isch mit de Jasmin verhürotet, aber die mag mi it eso, die Jasmin. Sie sieht's au it so gern, wenn ihren Goggele bi mir isch. Weil sie ä saumäßig gebildete Frau isch, mont se halt, daß i it de richtig Umgang fir ihren Goggele bin. Elei scho wege mim Dialekt ka se mi it leide, im Goggele sei Jasmin. Und denn trenned uns au suscht no Welte, d Jasmin und mi. Sie schpillt Querflöte und i bloß Harmonika. Wo se mol ä abfällige Bemerkung ibers Harmonikaschpille gmacht hot, do honi dummerweis zunere gset, daß mei Akkordeon achtmol sovill koscht hot wie ihre Flöte, aber so en banale Vergleich derf me nadierlich it bringe, wemmer au nu en Schimmer vunere Bildung hot. Denn hot's d Jasmin mit de moderne Kunscht.

Sie rennt i jede Vernissasch, und wenn's au nu ä klei weng goht, no moß de Goggele au mit, ge Kunscht aluege. Etz honi neilich die zwä ganz zuefällig troffe und hon gfrogt, wo se ane ginged. Ine Kunschtausstellung ginged se, hot de Goggele bruttlet, und sie hot ergänzt, daß die »Stipendiaten der Kunststiftung ihre Werke zeige däten«. Sie hot nadierlich it gset, »zeige däten«, sondern »zur Schau stellen würden«! Manchmol reitet mi de Deifel, und i dem Augeblick hot er mi geritten, und i hon zu de Jasmin gset, »derf i au mitkumme?« Wa hot se sage welle, d Jasmin, 's ischere nit anders ibrig bliebe, als »aber sicher, wenn du meinst«. I hon ganz deitlich gsäeh, wie de Goggele hinder ihrem Rukke sei Gsicht verzoge und glachet hot. No simmer zu däne Stipendiate gange und ine Führung durch die Ausstellung ine grote.

Vor'ere Objekt-Installation isch grad alls stande bliebe, und do sind Stucke vierzg Kleiderbigel ame Gschtell ghanget, mit verschiede lange Plastikguckele dra. Es däte sich um sogenannte Ideenkunst handle, wo ihre Schpannung unter anderm aus dem vielleicht nur scheinbare Widerschpruch zwische Titel und Inhalt beziehen dät, hot die Kunschtführerin gmont. Do druf honi de Goggele gfrogt, »Etz sag emol, hosch du des kapiert?« No hot de Goggele so richtig treuherzig gset, »nint honi verschtande!« Sei Jasmin isch ganz grüen wore, vor Wuet, iber ihren blede Maa.

Dotsicher hot se denkt, des käm nu vu dem Umgang mit mir. Mer hot denn de Name vu de Künstlerin bekannt gäe und erklärt, daß vill Institutione vum kulturpolitische Betrieb die Erhöhung des Frauenanteils anstreben däten. Do honi zum Goggele nu gset, »'s wird aber au fange hekschte Zeit!« Etz wa isch do debei, des isch doch ä Kompliment meinerseits a die Frau als Künstlerin. D Jasmin hot aber zu mir num zischt, »ich kenne den Hintersinn deiner Bemerkungen!« Denn hot se uns zwei schto loo und isch devu gschosse, und mir zwei sind abe is Restaurant vu dem Musetempel und hond ä Bier trunke. D Jasmin isch nime kumme, und de Goggele hot mösse elei hom. Seither honi d Jasmin nume gsäeh, wa mir egal isch, aber de Goggele fehlt mer scho weng.

Einstein

Do ka mir oner sage, waner will, de sell Einstein war denn scho en gschiide Kerle. It nu wäge de Reladividätstheorie, vu dere verschtand i sowieso nint, nei, der hot au usser mathematische Formle suscht no en Hufe gschiide Sache gset, und on vu sine Schprüch isch en Lieblingsschpruch vu mir wore, der hört sich uf alemannisch so a: »S giit zwei Dinger, wo unbegrenzt sind; des Weltall und die menschliche Bledheit.« Bi de Naturwisseschaftler händled se heit jo driber, ob die Reladividätstheorie it iberholt isch und 's giit sogar sottene, wo behaupted, sie dät im Grund gnumme it ganz schtimme, aber mir isch des egal. Wa intressiert mi die Reladividätstheorie, mir langet doch, daß i woß, wa reladiv isch. Des ka me ganz eifach erkläre, des Reladiv.
Wenn i om min Finger i dem sei Naseloch schteck, no hot der en Finger i de Nase, und i hon en Finger i de Nase, nu fihl i mi reladiv wohler als de sell. Wemmer des mol begriffe hot, no brucht mer nu no wisse, daß fimf leere Flasche im Kär reladiv wenig sind, aber fimf Flasche im Vorschtand vunere Firma sind reladiv vill. De Rescht vu däne Einsteinsche Reladividätsgedanke isch fir die Leit mit de große Köpf, und do ghört unsereiner it dezue.
Seller Schpruch aber, vu däne zwei Dinger, wo unbegrenzt sind, nämlich s Weltall und die menschliche Bledheit, der isch wie a guete Scheibe frischbacke Brot. A dem ka mer

rabbeiße, mit dem ka mer Läbe. Des isch en Satz, wo om i vill Lebenslage tröschtet und Kraft giit, daß mer wieder wiitermacht, weil i dem Satz die Weisheit enthalte isch, daß es i dere Beziehung nie besser wird, mer kännt hekschtens no dezue sage, oder hinzufügen, 's wird ehnder no minder.
Etz wäred wieder ä paar sage, des sei mei Generalthema, nämlich de Mensch und sei Bledheit und do hetted se it emol Urecht. Allerdings underscheid i mi scho wengle vum Großteil vu de Menschheit, und des isch seller, wo all nu die andere fir bled halted und sich selber usklammeret.
I de chrischtliche Filosofie isch die Klugheit one vu de vier Kardinaltugende, und äbe die Klugheit fangt do a, wo mer it nu die andere Lüt fir bled halted, sondern sich selber au. Fir den komplizierte psychologische Vorgang hond se heit ganz andere Wörter, zum Beischpiel »hinterfragen«.
Oner, wo sich hinderfrogt, der mueß zwangsleifig druf kumme, daß it nu die andere bled sind. Wenner des denn schnallt, wie se etz grad saged, no heißt des i de moderne Psychologieschproch, er hett ä »Aha-Erlebnis«. Etz, mir Alemanne däted i dem Fall ehnder »Oha-Erläbnis« sage. Wenn mir hinder ebbes kumme sind, wa uns uagnähm isch, wo de Schwob sagt »oagnähm«, no füged mir meischtens no dezue, »oha, Iätz am Fiedle«. Wer nadierlich sich all no diefer mit sinere eigene Bledheit beschäftiget, der wird am End schwermüetig, wo se heit depressiv dezue saged. Drum sott mer, bevor sich s Gmüet iber die eige Bledheit verdüschteret, sich all Tag driber freie, daß d Bledheit vu de andere Leit grenzelos isch, und wa de Einstein gsagt hot, vu dem ka mer bedenkelos anäeh, daß des absolut richtig isch.

Badenser

S vergoht selte ä Woch, womer it mit irgend ebber Händel griegt iber die Frog, ob's »Badener« heißt oder »Badenser«. Do känned manche richtig verruckt were. Bsunders selle, wo Badener, aber ums Verrecke kone Badenser sei welled. Mer dät jo au it Heilbronser und Frankfurtser sage. I hon en Hufe Material zu dem Thema gsammlet und dät etz gern, aber zum allerletschte Mol, mei Meinung zu dem Thema verzapfe. Um 1809 ume hot de Goethe i »Dichtung und Wahrheit« vume »Badenser« gschriebe, mit dem er sich underhalte hot.

Denn isch 1818 i de Badische Verfassung des Kapitel iber »Rechte der Badener« enthalte. Trotzdem hot's weiter alles megliche gheiße, nu it Badener. Badische, Badner und Badenser hot mer zu däne gset, wo im Großherzogtum Baden dehom wared. Im Freiburger Wochen- und Unterhaltungsblatt vum 15. Februar 1831 isch en A. M. dere Meinung, es möß eigentlich der »Bade« heiße, und er wott vorerscht en »treue Bade« bliibe. Am 1. März im gliiche Johr hot ihm i de gliiche Zeitung en Herr D. widerschproche, daß es nämlich it der »Bade« und die »Bader« heißt, sondern »der und die Badener«. Etz isch aber anne 1848 die »Konstanzer Freiheit-Chronik« vum Schieber vereffentlicht wore. Der Schieber isch bim Hecker Zug debei gsi und hot wie en Kriegsberichter iber die Sach berichtet und de SÜDKURIER hot 1997 des Büechle inere Faksimile-Usgab neu ufglegt.

De sell Schieber, also der, wo mit em Hecker uszoge isch, der schriebt nu vu de »Badenser«, aber nie vu de »Badener«. Am 24. Dezember 1898 isch i de »Badische Landeszeitung« en Ufsatz gschtande, do hot de Vorsitzende vum Berliner »Verein der Badenser« a die erschte germanische Professore a zwelf Universitäte die Frog grichtet, ob die Einwohner vum Großherzogtum Baden »Badener« oder »Badenser« heiße solled. Die gschiide Köpf hond denn usegfunde, daß es Badener und it Badenser heiße sott. Badenser sei nämlich ä halblateinische Zwitterbildung, die unglückliche Lateinisierung vu dem Wort Badener. I me korrekte Latein möß des nämlich »Badeniensis« heiße. Im ibrige hett de Goethe, wo zerscht »Badnische« gschriebe hot, den Usdruck »Badenser« verwendet, weil ihm die lateinisierte Forme »Weimaraner« und »Jenenser« näher gläge seied. Drum hot au 1912 de Friedrich Kluge i sim Buech »Wortforschung und Wortgeschichte« gmont, daß »Badenser« us de Schtudentesproch schtamme dät, drum hett de Goethe des »studentikose« Wortgebilde »Badenser« verwendet.

Er hot dem »Wortungeheuer« Badenser ko lange Lebensdauer in Aussicht gschtellt, aber do hot sich de Kluge täuscht. »Badensisch« heißt's iberall usserhalb vu Baden, und wo anne 1914 s Konstanzer Regiment ausgruckt isch, do hot's i de Konstanzer Zeitung gheiße, daß d »Badenser« etz is Feld zoge seied. Im Zweite Weltkrieg war i im Arbeitsdienscht und bim Kummis mit Rheinländer und Schwobe zämme, aber kon us Baden war en Badener. Alle homer des »s« dezwische tue, weil des im Dialekt vill besser lauft, weil »Badenser« leichter iber Zunge rutscht als Badener, und fir de Rescht vu mim Läbe blieb i etz no gar en Badenser, ob des sellene Badener gfallt oder it. Do schtand i inere guete Tradizion, vum Goethe iber de Hecker bis zu mine Badenser, wo nume hom kumme sind. Vielleicht goht etz no im oene oder andere a Lichtle uf, und sell dät mi grad erscht recht freie.

»Smile«

Die Sach mit dene Fremdwörter i unsere Schproch wird all hooriger. S giit bald kon Usdruck meh, wo me oft verwendet, wo se it ä englischs Wort defir verwendet. Daß des aber zerscht mol klar isch, i hon nadierlich iberhaupt nint gege England oder Engländer, ganz im Gegeteil. Engländer und Amerikaner sind mir genauso lieb wie Hamburger oder Hannoveraner, wobei i d Rheinländer, d Bayere, d Schwobe und d Badenser nu deswäge weng meh mag, wäge ihrem Dialekt, aber s Norddeutsche Platt und ä urchigs Sächsisch mag i au it weniger. Wani aber it mag, isch der Bledsinn, daß me unsere Schproch und unsere Dialekt etz ums Verrecke ufbessere moß, indem me unsere schäne, eigene Wörter uswexled gege englische Usdrück. Do kummsch uf d Insel Reichenau, ä Fleckle Süddeutschland, wo no en ureigene alemannische Dialekt gschwätzt wird, allerdings nu vu sellene, wo no echte Reichenauer sind. Mer sott eigentlich anäeh, daß so en große Gmüesbauer no en richtige Riichenauer wär, aber grad so on hot a sim Gmües- und Obstschtand drei Plakätle hange, wo uf jedem druf schtoht »Smile – and the world smiles with you«. Des dät uf alemannisch heiße, »lach ä weng und d Welt lachet mit dir«. Viellicht sott me it »lache« sage, sondern »lächle«, aber wenn lächlet en Alemanne auscho? Moß etz der Riichenauer Gmüesbur drei englische Plakätle a sin Schtand hänke, bloß damit d Lüt glaube sotted, wie modern und ufgschlosse er isch. Wahrschinli denkt er no, daß d Lüt sicher glaubed, daß er nu schtreng biologischs Gmües und Obst verkauft, weil er nämlich au englisch schwätze ka, wenigschtens uf sine Plakätle, und wer so modern isch, dem sei Sach isch nu biologisch, logisch. S giit zwei Meglichkeite, wie me do druf reagiert. Me ka ä Wuet kriege, wa iberhaupt nix nitzt, oder me ka driber smile, also lächle. Des honi probiert und hon afange lächle, vum Parkplatz, woni usgschtiege bi, us mim Autole, bis is Minschter vu Mittelzell.

Also mol ganz ehrlich und unter uns, ko Sau hot z'ruck glächlet oder g'smilt. Die meischte hond mi nu bled oder komisch aglueget und hond sicher denkt:»Ha, der hot se it alle.« Mached Sie doch mol ä Prob. Fanget Se a smile, grad do, wo Se grad sind. Denn wäred Se scho säne, ob the world wieder z'rucksmiled, oder ob me Sie fir en Schpinner haltet! So edle Schprüch hond meischtens en Hooke. I woß bis hüt no it, wa unser Herr gmont hot, woner gset hot:»Wer dir den Rock nimmt, dem gib auch noch den Mantel!« (Mt. 5/ 40) Also, wenn mir on mei Handtäschle klaue dät, ob i dem no nochruefe wett,»hei, kumm und nimm au de Foto no mit«, i woß it so recht. Uf alle Fäll mit dem»Smile« bin i kimftig weng vorsichtig.

Er wird 70

Karle, Mensch, etz guck do naa,
etz wirsch halt au en alte Maa,

aber Kopf hoch, nu it bläre,
derfsch dich bim Schicksal it beschwäre.

I sag dir des etz mol ganz offe,
guck andre hond's vill schlächter troffe.

Wenn i so nochdenk, fallt mer's ei,
du känntsch mit 60 scho gschtorbe sei,

und wenn i des bei Licht beseh,
no läbsch du scho 10 Jährle meh!

Du mosch doch, Karle, heidenei,
dem Herrgott scho weng dankbar sei,

drum sag i 's nomol, etz eiskalt,
wer it jung schtirbt, wird halt mol alt.

I kenn on, Karle, hör gut zu,
der isch genauso alt wie du.

Dem tropft scho morgens früeh sei Näsle,
all Furz lang meldet sich sei Bläsle,

des ka om s Läbe bös verhunze,
wenn's afangt schtottere bim Brunze.

Protzt on, er kännt im hohe Boge,
no isch des meischtens glatt verloge.

Mer wird gottsname alt und krumm
und a fangt's meischtens underum,

wobei – und sell woß schließlich jeder –
mer wird au obe all Tag bleder!

Meischtens schtöred it die Falte,
aber daß me nint meh bhalte,

sich eifach nix meh merke ka,
sag, Karle, leidsch it au scho dra?

S fangt a, mit dene gschissne Näme,
de bringsch se eifach nume zämme.

Heißt der etz Erich oder Kurt,
und wenn's om eifallt, isch der furt.

Am Samschtig z'obed, weil sich's ghört
und wenn om do grad niemerd schtört,

do ruckt mer gern mol mit de Mamme,
weil 's guet duet, wengle nöcher zamme.

Mer schtreichlet se a all'ne Schtelle,
no frogt mer sich, wa hosch etz welle?

Verzweiflet guckt mer a die Sei,
's fallt om gottsname nume ei.

Guck, Karle, du bisch jo it arm,
bleib lang no gsund und halt dich warm,

de'sch wichtig, glaub's i woß worum,
it nu am Hals, au underum.

Kalt isch nix, mon do bisch gschockt,
wenn s Proschtatale pletzlich zockt,

und des kummt nu, do mosch etz lose,
vu däne scharfe Underhose.

Die sottsch am beschte nume näeh,
des Glump, des hot de Deifel gsäeh.

Wa nitzt dem Manne scharfe Wäsch,
wenn 'd hinderher Beschwerde häsch?

Drum soll die Dei näksch Woch glei laufe
und lange Underhose kaufe.

Angora trägt der Mann von Welt,
weil des am beschten warm ihn hält.

Ansonschten sottsch du etz so bleibe,
i sag des, ohne Ibertreibe,

und solang du läbsch auf Erden,
bruchsch du etz nume andersch werden.

I wünsch dir künftig schtets nur Gutes,
Karle, bleib immer frohen Mutes,

und zellsch du au etz zu de Alte,
bleib uns no lang und guet erhalte.

Schittschtei

De heitige moderne Mensch hot eine Schpüle, und die isch us Edelstahl. Die isch meischtens scho eibaut, wemmer ine neie Wohnung eizieht. S giit Leit, die lond se usereiße, weil sie uf ä bsunders schäne Schpüle Wert leged, und do giit's nadierlich scho kolossale Underschied. One vu mine Tante hot mol one ghett us Teakholz. Do hot denn die Schpüle uusgsäne wie ä Rauchtischle useme noble Herrezimmer. Des Teakholz hot aber it ghalte, wanes verschproche hot, und denn hot de Onkel one us Edelschtahl kaufe möße. I glaub, des war s erscht und s letscht Mol, daß mei noble Tante des Wort Scheißdreck benutzt hot, wo se vor dere hiine Schpüle gschtande isch. Etz, i kumm us relativ eifache Verhältnis, mir hond iberhaupt ko Schpüle ghett, sondern einen Schütt-Stein, wo bi uns nu Schittschtei gheiße hot. Des ganz Ding war us Steinguet. S war nadierlich it so nobel, wie mer's etz hot, aber s hot's au tue. S Gschirr isch all Tag suber wore und d Wesch hot me au no i dem Schittschtei eiweiche känne. Drum saged mir bis heit it »Spüle« sondern alleweil no Schittschtei. So en Schittschtei hot en Abfluß wie jedes Waschbecke, nu isch de Schittschtei-Abfluß efters verschtopft wie der vum Handwaschbecke im Klo. I mecht etz it sage warum, weil i suscht nu wieder Krach krieg mit minere ehemalige Verlobte, i mecht nu mol driber schwätze, ob des nu mir so goht oder andere Manne au. Nadierlich kännted mir en Flaschner hole, wenn de Schittschtei verschtopft isch, aber als Maa mecht mer sinere Frau halt all wieder mol beweise, daß mer it nu ä blede Gosch ho ka, sondern daß me au technisch, des heißt handwerklich uf Zack isch. Me liit also i some Fall under den Schittschtei, genauer gset under die Spüle, und schraubt des Rohr weg, aber des sind bekanntlich mehrere Rohr oder Röhrle und i de Mitte so ä Ding. I woß it, wie des heißt, i woß nu, daß sich äbe grad i dem Ding alle die Sache sammled, wo it i de Abfluß ghöred und wonen verschtopft hond. Unsereins woß nadierlich, daß me ä große Schüssel drunder schtelle moß, bevor me die Rohr abschraubt, weil des jo ä nasse Aaglägeheit isch, und ä Mordssauerei isches no dezue. Mer derf au it grad ä empfindliche Nase hon oder anere Hygiomanie leide, suscht kotzt me augeblicklich, und des ghört it zum Abflußreinige.

Die Mei gucket denn meischtens reschpektvoll uf mei Tätigkeit, aber wenn i ihre denn die Hoorschpängerle zeig, wo sich do aagsammlet hond, no zeigt se nu uf die Büroklammere, wo au debei lieged, und mont, die seied aber it vu ihre. S Mindscht aber isch des wieder Zämmesetze vu dem Schittschtei-Abfluß. I bring die Rohr alleweil wieder zämme, aber wenn i denn s Wasser laufe loß, lauft des i d Kuche und it i des Rohr, wo i d Wand goht. Debei honi richtige Rohr- und Kombizange, aber s Wasser lauft halt i d Kuche. Die Mei mont denn jedesmol, »me hett halt doch solle de Flaschner hole!« Mer telefoniered denn meischtens au, und wenner kunnt, no sag i als, »s isch alls scho gmacht, 's lauft nu it ab!«

S Schalterle

Wa de Mensch so saumäßig verruckt mache ka, des sind menkmol it emol die große Sache, uf die wo's eigentlich im Läbe aakummt, sondern die winzige Kleinigkeite, däne, wo mer garnie Beachtung schenkt, weil mer it emol bemerkt, daß se do sind. Mer schtellt ihre Exischtänz erscht fescht, wenn se nume funkzioniered. Wemmer denn sonere Kleinigkeit mol richtig Beachtung schenkt, äbe weil se nume funkzioniert, denn ka om des Glump fuxe, daß mer s Mageweh kriegt, au wemmer nix denoch gesse hot, wa des Ranzeweh hett verursache känne.

Nu mol ä Beischpiel: jeder vernimftige Küehlschrank hot inne ä Schalterle, mit dem, wo mer die Temperatur regle ka, wo mer also eischtelle ka, ob's im Küehlschrank kalt oder warm oder no weng kälter sei sott. Des isch alles wunderbar und selbschtverschtändlich, bis eines Tages des Hure-Scheißschalterle nume funkzioniert, weil's nämlich abbroche isch. Die Mei und i fihred kon Krieg meh, wenn im Hus ebbes verreckt, wäge wa des kumme isch und wer des gmacht ho känt. Früener hot mer alls uf d Kinder gschobe, wenn ebbes hiigange isch und meischtens honds die au hiigmacht, aber seit mir zwä elei im Hus sind, känt's jo nu s ei ufs ander schiebe, und so bled sind mir zwei nume, die Mei und i. Hii isch halt hii, und verreckt isch wie verfrore, saged mir uns i some Fall, und drum hond mir uns au kone Gedanke gmacht, wieso etz des Schalterle hii gange isch, und ob's i hii gmacht hett oder die Mei. Mer hett aber solle d Kälte höcher schtelle, weil s Thermometer i de rote Ge-

fahrenbereich zeigt hot. Etz honi im Kär bi mim Werkzeig ä langs Zangle gholet. Des honi mol oemeds gfunde und mit hom gnumme, und i hon's scho oft bruche känne. Die Mei hot mitere Taschelampe i des Loch zunde, wo i hett solle den Stift drille, wo des Schalterle druf gsi isch. Wenn i aber mit mim Zängle i des Loch bin, honi nint meh gsäeh.
Mule hot kon Wert ghett, weil i dem Lampeschtrahl jo selber im Weg gsi bin, und nochere Weile hot s Mageweh agfange, und mir hond ufghört und sind am andere Tag is Gschäft, wo mer de Küehlschrank kauft hond. Mer hot des Schalterle bschtelle möße und nochere Woche hot's de Briefträger scho brocht, aber!
In Worten: Neunundachzig Mark hett's koschtet, des Schalterle us Kunschtschtoff, mit eme Materialwert vu it emol zeh Pfennig. Der Briefträger war ä Seele vume Mensch und hot nu gmont, mir solled uns des nomol iberlege, er dät die Sendung noch zwei Tag nomol bringe. So isches au kumme. De Briefbot hot des Schalterle nomol brocht, mir hond's it gnumme, sondern zruck goh losse. Der Briefträger hot nämlich gmont, er känn unsere Wuet verschtoh aber so sei's heit efange iberall, daß se om s Fell iber d Ohre zieh wetted. Den guete Mensch hond mir denn mit eme guete Fläschle fir sei Menschlichkeit belohnt, denn simer wieder mit dem Zängle vor des Loch ghocket, wo des Schalterle gfehlt hot und hond's nomol probiert, ob mer des Schtiftle it hebe kännt, daß mer kälter oder wärmer eischtelle ka. Die Mei hot zindet, und i hon i dem Loch rum bohret und z mol honi den Schtift verdwischt. S war nu en kläne Trick debei, aber den hot mer halt use kriege möße. Etz ka i mit dem Zängle kälter und wärmer schtelle, sogar ohne daß die Mei zindet. Aber ä Cassette mit Swingmusik hot se ufglegt, die Mei, no isches gloffe mit minere Zänglete. I glaub, zu dere Art vu Zämmeschaffe saged se hüt »Teamarbeit!«

Bim OBI

Immer wenn die Mei bim z'Mittagesse so ganz näbeher die Bemerkung macht, »du mit dem Hahne am Schittschtei schtimmt au ebbes nime«, denn bedeitet des fir mi, daß i nochem Esse in Kär abe moß und mei Kombizange us de Werkzeigkischte ufehole. Denn isch nämlich fascht alleweil des Schläuchle am Wasserhahne am Hiigo oder bereits scho verreckt. Handwerklich begabt, wie unsereiner isch, schraub i denn mit minere Kombizange des Schläuchle weg und hol ä neus im OBI.

So en OBI isch en riesige Supermarkt fir Leut mit sonere handwerkliche Begabung. Mit däm, wa mer i some OBI kaufe ka, kännt mer ä Haus baue, vum Kär bis i de Schpeicher, und d Eirichtung kännt mer au mache, vum Dabeziere, ibers Elektrisch bis zum Schlofzimmer und de Kuche. Leut, wo alls selber mache känned, hond früehner den Wahlschpruch ghett, »die Axt im Haus erschpart die Scheidung«. Schpäter isch der englische Slogan ufkumme, »do it yourself«, was uf guet alemannisch ibersetzt nix anders heißt, als »mach dei Glump selber!« Also bruch i au kon Flaschner, wo mir des Schläuchle anemacht Den bruch i hekschtens, wenn i des Gwind am Hahne vermurks oder am End de Hahne abbrich. So ebbes kummt bi mir aber nu ganz selte vor.

Etz schtand i denn i dem OBI, des heißt, i lauf i dem riesige OBI umenand und suech mei Schläuchle fir de Hahne iberm Schittschtei. Große Schilder zeiged om, wo mer wa findet, wemmer's suecht. Froge ka mer ganz selte, denn uf fimfhundert Kunde kummt im hekschte Fall on Verkäufer, und der isch meischtens grad ine Fachgschpräch verwicklet, weil en Kunde, wo sinere Frau de Nachttisch frisch lackiere sott, it genau woß waner fir ä Grundierung verwende moß. Riesegroß und schier allmächtig isch die Versuchung fir en Ma wie mi, mit sonere handwerkliche Begabung, wenner die wahnsinnig viele technische Neuerunge sieht, wo's bi däne Werkzeig giit. Ob i it doch den neie Schraubezieher mitnäeh sott, womer sogar ums Eck schraube ka? Ob i it doch sott den Eisatz i mei Schlagbohrmaschi mitnäeh, mit dem wo mer etz au no vu hinde bohre ka, wemmer vu vorne kunnt, oder vu vorne bohre ka, wemmer vu hinde kunnt, oder sogar dert bohre ka, womer vu hinde it und vu vorne glei garit ane kunnt? I hon scho zwei Päckle Fräser i mim Eikaufskörble, obwohl i no nie im Läbe ebbes zum Fräse ghett hon, aber der Vorführ-Video-Film war so saumäßig intressant, daß i mir des Päckle mit däne Fräserle kauft hon. Ä Schlauchgarnitur miteme Hochdruckreiniger fir alle Abflüß mit allene Anschlußmöglichkeite honi au scho mitgnumme und en Gwindschneiderkopf, wo mer anere Vertikal-Bohrvorrichtung amondiere ka, isch au scho i mim Korb, obwohl i bis etz ko Vorrichtung zum Vertikalbohre hon. Z'letscht honi sogar die Schläuchle fir min Wasserhahne am Schittschtei gfunde und glei zwei mitgnumme. Denn war a de Kass ä Schlange vu Leit, wo riesige Einkaufswäge voller Zügs uflgade hond, und i hon nu denkt,»wa kaufe au d Leit fir en Hufe Scheiß zämme, ka'me au so bled sei?« Ufs mol honi schnell i min Korb glueget, no isch mer schlagartig eigfalle, daß i genauso bled bin wie andere au. S hot sich wieder mol die alt Weisheit beschtätiget.»Du sollsch deinen Nächsten it fi bleder halte als du selber bisch!«

Des gschissne Schloß

Wenn die Gschicht wieder sottige lesed, wo mi sowieso uf de Latt hond, also selle, wo mi it grad so guet leide känned, und 's giit gnueg sottene, wo sich froged, wieso ä Zeitung jede Woch so en Bledsinn abdruckt, also, wenn selle die Gschicht lesed, no wered se wieder sage, wa goht denn uns dem sei Schloß a de Speiskammer a. Etz isches aber halt so, daß i meglichscht alleweil Gschichtle verzell, wo das Läben schreibt, und ebe des Läben schreibt Gschichtle, mer sott's it fir meglich halte.

Also die Speiskammer a unsere Kuche isch so alt wie des Hus, wo mir dinne wohned, und mir wohned etz au scho iber 32 Johr dinne. Wemmer bedenkt, daß des Hus anno 1920 baut wore isch, no isches etz immerhin 78 Johr alt. So alt bin it emol i. Vor 78 Johr hot min Babbe no it mol mei Mamme busiert. Also isch i dem Fall unsere Speiskammer au 78 Johr alt, und die Holztüre zu dere Speiskammer isch au 78 Johr alt und des Schloß a dere Tür genauso. Seit mir vor 32 Johr eizoge sind, duet des Schloß a dere Speiskammertüre it eso, wie a Schloß tue sott.

Me moß den Schlissel i dem Schloß zersch vier- bis sechsmol hin und her drille, no goht die Speiskammertüre ersch off. Wenn i mol wägem Flueche i d Höll kumm, no bloß wäge dem Schloß. Die Mei hot zwar nie gfluecht, aber jedesmol, wenn se wieder ä Sauwuet uf des Schloß ghett hot, hot se mich mit eme veráchtliche Blick gschtroft, so als hett se sage welle, »en räechte Ma, wo en räete Kerle isch, der hett scho lang mol des Schloß repariert«. I hon's au i däne 32 Johr all wieder mol probiert, ob i des gschissene Schloß abschraube ka, aber die Schraube wared so alt und so voller Ölfarb und suscht no ebbes, daß i im Lauf vu däne 32 Johr mindeschtens fimf Schraubezieher abbroche hon, und inzwische wared die Schraubeköpf so ausgleieret, daß mer mit eme Schraubezieher nume beikumme isch.

I hon ere des all wieder mol vu neuem erklärt, aber i hon jedesmol s Gfiihl ghett, als dät sie mi eifach fir en Schwächling halte, wo kon Mumm hot und ä technische und handwerkliche Flasche isch. Und des, wo se ganz genau woß, daß i im Keller de Lichtschalter gmacht hon und de Temperaturschalter im Küehlschrank und s Schloß a ihrere Halskette, und de Abfluß im Bad honi au scho meh als zehmol durchbutzt, woner verstopft gsi isch. Neilich hot mich des Hureschloß wieder mol so us de Fassung und mi in Raasche brocht, daß i denkt hon, aber etz tue i dir defir, du elends Glump du.

Die Mei war uf em Wochemarkt, und do honi ä Schtemmeise im Keller gholt und hon mit eme große Hammer hinder die Schraubeköpf gschlage, bis i die Krippel vu Schraube hon mit de Beißzange hebe känne. Im Nu wared alle Schraube dusse. I nix wie nei is Auto und ä neus Schloß gholet, aagschraubt im Hui und die Speiskammertüre isch wie gschmiert off und zue gange. Wo die Mei kumme isch, hon i zunere gset, »mach mol d Speis off!« Mindeschtens zehmol hot se die Türe off und zue gmacht, so groß war die Freid iber des neie Schloß. I hon denn gmont, »und wa sesch etz?« No hot se nu gmont, »bisch halt doch ä Käpsele!« Des war morgens um zehne. Do druf na bin i in Garte gläge, hinder em Hus, inen Liegeschtuehl, bis z'Obed um achte d Sunne undergange isch. Nix befriedigt en bloogete Familievadder meh als die Anerkennung vunere vollbrochte Leischtung.

Lokus-Kultur

S hot Zeite gäe, aber des isch scho lang her, do isch de Begriff Kultur mit em Begriff Zivilisazion zämme ghängt. Je höcher de Kulturstand gsi isch, um so zivilisierter wared au d Mensche. Heit isch des alls weng andersch. Mer sind teilweis saumäßig zivilisiert, aber mer hond streckeweis ko Kultur me. S isch zwar alls Kultur, rings um om rum, 's frogt sich nu, wa fir one. Die Verwahrlosung vu dem Kulturbegriff kummt vor allem äbe au doher, weil mer d Kultur all mit de Zivilisazion verwechsled. Und wemmer vu de Zivilisazion schwätzed, no monemer nadierlich it de zivilisierte Mensch, sondern unsere technische Errungeschafte, wo uns s Läbe leichter und aagnehmer mached. Vu dene wird aber de Mensch it besser. S giit en Hufe Lüt, wo alls hond, wa mer hüt ho moß, damit mer au dezue ghört. Vill vu sellene sind aber uf de andere Siite so unkultiviert, daß es grad de Sau grauset. Debei simer doch so wahnsinnig stolz uf unsere sogenannte Hochzivilisazion. Wemmer nu a de technische Fortschritt denkt, bi de Auto, bi Radio und Fernsäeh und ersch des ganze Compjuterglump und des Zeigs mit däne Telefon, däne Anrufbeantworter und dene Faxgerät. Jeder Dritt, wo om etz grad uf de Schtroß begegnet, hot ä Händi am Ohr unt schwätzt mit irgend ebber irgend en Bledsinn. S Wichtigscht a some Händi isch jo vor allem, daß die andere Leit säned, daß mer au ä Händi hot, und denn halted om die andere Leit fir fortschrittlich und uf em Höchstschtand vu de Zivilisazion. Und wenn der mit sim Händi denn au no inen Kulturlade goht, no ischer alls mitnand, nämlich zivilisiert und kultiviert.

So eifach isch des etz grad i unsere Hämisfäre, und de absolute Gipfelpunkt vu dere Entwicklung isch fir mi seit neueschtem der ungeheure Fortschritt in Sache Zivilisazion, wa de Lokus betrifft. Des Wort Lokus hot bi uns weng an anrüchige Charakter. Warum und wieso, des isch jo jedem klar. Do brucht mer it lang driber schwätze. Obwohl des Wort an und fir sich völlig harmlos isch, weil's us em Lateinische kummt und ganz eifach nu »der Ort« bezeichnet. Daß bi uns »der Ort« nu no der anrüchige Ort bedeitet, des isch eigentlich ä Degradierung vu dem Begriff »Locus«. Wo de Herrgott zum Moses gset hot, er soll sine Sandale uszieh, woner uf den brennende Dornbusch zuegloffe isch, do hot er no zum Moses gset: »Locus iste sanctus« und des hot nix anders gheiße, als »dieser Ort isch heilig!«

Do hot's etz gege End vu userm Johrhundert doch weng ä Wandlung gäe zum Positive. Bi hochzivilisierte Leit isch de Lokus hüt nume eifach des gwähnliche Scheißheisle, sondern durch die moderne Technik fascht wieder so ebbes wie en heilige Ort. I war neilich wieder mol oemeds eiglade und hon mi noch de fimfte Tass Kaffee noch de Toilette, noch em »stillen Örtchen« erkundigt. Do hot mir die Dame des Hauses de Weg zeigt und hot mir no ä Heftle i d Hand druckt mit de Gebrauchsanweisung für den Lokus. Mein lieber Scholli, do war i denn vu de Socke, wo ich die Lokustüre offgmacht hon.

Alls in sanft gemildertes Weiß, de ganz Raum, und wenn de Türe zuemachsch, no ertönt ganz leise Musik. A dere Vorrichtung fir d Maane hot's en Hebel, do ka mer des zartrosa Kächele de individuelle Größe aapasse. Jo, und ersch des eigentliche Klo! Des isch fascht wie ä Cockpit vume supermoderne Auto. Also uuszieh moß mer sich no selber, aber alls ander goht automatisch. Du wirsch gschpritzt und gbürstet und gföhnt, und am Schluß schmecksch noch Weihrauch, wie s ganz Etablissement. Gege den Lokus isch s Wohnzimmer vu dene Leit direkt gwehnlich. Mer mecht gar nimme zu de Gsellschaft z'ruck. Leise schpillt's d Wassermusik vum Händel, während i mi no zweimol schpritze, bürste und föhne loß. I hon denn nu so bi mir denkt: eigentlich isch d Menschheit etz ame Punkt aaglangt, wo's nume wiiter goht. De Höchstschtand vu de Zivilisazion ischt erreicht!

Beate Uhse 1

Alleweil, wenn i mit unserm Auto us de Innestadt is Oberdorf fahr, i die Schtroß, wo mir dohom sind, die Mei und i, no moß i au alleweil anere Schtroßekreizung halte, weil do ä Ampel isch, und die isch no nie uf Grün gschtande, wenn i hon iber die Kreizung welle. Etz will's aber de Zuefall, daß usgrechnet grad a dem Huseck, a dere Ampel uf de rächte Siite, ä Filiale isch vu de Beate Uhse, mit zwä Schaufänschter. Etz wa macht mer, wemmer a dere Ampel halte moß, weil se wieder mol Rot hot und sie hot alleweil Rot, wenn i a se ane fahr, mer guckt halt ganz zuefällig i die zwä Schaufänschter vu de Beate Uhse. Etz wäred wieder die meischte sage, »guck du uf die Ampel, du Simpel, und it i die Schaufänschter!« Zum Beischpiel, die Mei isch au dere Meinung, wenn se mit mir im Auto isch. »Hosch etz bald alls gsäne«, frogt se mi denn schpitzig, und i frog denn z'ruck, »wa soll i denn gsäne hon, i hon doch nu zu dir num glueget!« I soll it eso scheinheilig tue, i dät scho wisse, wa sie mone dät. Etz moß i aber doch do dezue sage, daß i tatsächlich scho lang nume i die Schaufänschter lueg, weil scho sit de Ereffnung vu dere Uhse-Filiale all s Gliich i däne Fänschter usgschtellt isch. Es sind so wüeschte Plaschtikleiber ohne Köpf mit Underwesch us schwarzem Leder.
Do guck i scho lang nume na. Erschtens moß mer fir so Underwesch saumäßig schlank sei, und der Zug isch bi mir

scho lang abgfahre, und zweitens gfallt mir schwarzes Leder it, i trag lieber Marineblau, des giit's au i minere Größe. Die zwei Gsichtspunkt hett sich die Mei scho lang merke känne, wenn se hett welle, aber neilich honi doch wieder mol num glueget, a die zwä Schaufänschter vu de Beate Uhse, wo mei Ampel grad wieder uf Rot gschtande isch.
Do schtoht en ziemlich alte Maa vor om vu däne Schaufänschter. Er isch ame Schtock gange und Schrittle um Schrittle herb gloffe. Des honi gsäeh, woner vu om Schaufänschter zum andere gloffe isch. I hon grad die Mei froge welle, wa sie mont, wa etz im Kopf vu dem alte Maa abgloffe isch, aber do isch grad d Ladetüre off gange und nomel zwei alte Rentner sind us dem Beate-Uhse-Lade usekumme. On hot en mordsmäßige Ranze ghett und de ander isch au am Stecke gloffe. I hon gmont, die hebed so entschpannte Gsichter gmacht, die zwei beide, aber die Mei hot nu gset, »so alt und gebrechlich«, wa mer do no bi de Beate Uhse verlore hett.
I hon denn weng d Partei vu mine Kollege ergriffe und hon ihre erklärt, mer dei doch deitlich säne, wa die zwei alte Herre fir entschpannte Gsichter mache däted, aber die Mei hot sofort z'ruckgfroget, »i mecht nu wisse wäge wa?« I dem Augeblick hot mich die Muse geküßt, it die Uhse, nei die Muse, und mir isch augeblicklich die richtig Antwort ime Versle eigfalle, und des Versle isch so gange:

Wenn se denn die alte Böck
sich nu no hebed a de Stöck.

Wenn luschtgemäß längscht nix meh lauft,
au wemmers garit meh verschnauft,

wenn's Alter om duet firchtig drucke,
no kasch zum Schluß halt nu no gucke,

und des moß mer doch verschtoh,
zu dem sind sotte Läde do.

Dond alle Glieder nint meh tauge,
no hosch weng Späßle mit de Auge.

Ka dich ringsrum mol nix meh schärfe,
no wird mer au no gucke därfe!

Beate Uhse 2

Weil's Summer isch, fahr i, wenn's Wetter guet isch, nume mit em Auto i d Stadt abe, sondern mit em Fahrrädle. Erschtens kummsch do vill schneller dert ane, wo de anekumme witt, und zweitens isch Radfahre gsund, und drittens gibt des some alte Kerle en gwisse sportlich-jugendliche Tatsch. Weil i aber mit em Rädle und nime mit em Auto fahr, isches mir völlig wurscht, ob die Ampel Rot hott oder suscht ä Farb.
I fahr sowieso a dere Schtell ufs Trottwa und ums Eck und it gradaus. So ganz näbebei honi feschtgschtellt, daß beide Beate-Uhse-Schaufänschter no gliich dekoriert sind, mit so scharfe und pechschwarze Underwesch. Aber des Gschäft ums Eck hot gwexlet, weil's, wie mer so schä sagt, »das Zeitliche gesegnet« hot, mit andere Wörter, de Inhaber hot umgworfe, hot Pleite gmacht. Etz isch intressanterweis ä Gschäft dinne, wo wahrscheinlich nie Pleite macht, weil i dere Bransche alleweil Konjunktur isch.
I de Schaufänschter schtond Särg und Zubehör, 's isch ä neus Beschtattungsinschtitut. I bi direkt vum Fahrrädle abgschtiege und hon mir die Auslage fir d Ewigkeit weng aagluget. Mer kummt do uf ganz merkwürdige Gedanke. S giit ä Zeit im Läbe, do bliibt mer vor de Schaufänschter vu de Beate Uhse schtoh, und denn kummt ä Zeit, do lueget mer au mol ine Schaufänschter vume Beschtattungsinschtitut. Ä

bitzele honi scho i mi neilache möße und hon vor mi na gmaulet: Gell Male, do merksch etz wieder mol deitlich, daß de nime direkt zu de Jugend ghörsch, au wenn de ufeme Fahrrädle mit achtzeh Gäng durch d Stadt fägesch. Vor some Schaufänschter mit Särg macht mer automatisch ä MEMENTO MORI, mer denkt a sei End und hot ä echts VANITAS-Erläbnis. Jeder au nu halbwegs normale Mensch setzt noch some Erläbnis sin Weg mit diefe, schwere Gedanke fort, aber mir isch es nicht gegäben, daß i lang die schwere Gedanke mit mir rumtrage hon, i glaub, des isch ä Veranlagungssach.

Diefe Gedanke honi scho mit mir rumtrage, aber sie wared ehnder komisch als schwer. I hon zum Beischpiel ganz dief driber nochdenkt, *ob* do vielleicht en Zämmehang beschtoht zwische dem neue Gschäft und dere schwarze Underwesch vu de Beate Uhse. Also wenn des so wär, wenn also der Sex-Lade us Rücksicht uf die Beschtattungsfirma nu schwarze Reizwesch uusschtellt, no mößt mer doch i some Fall logisch folgere, daß i de sogenannte Privatwirtschaft au gewisse ethische Konzäpte zum entdecke sind, die, wo mer doch als erfreulich bezeichne moß. Mer macht jo de Wirtschaft all de Vorwurf, sie sei materialischtisch und seelelos. Mer derf it all nu s Schlechte säne, mer moß au s Posidive regischtriere und des honi exakt i dem Fall au gmacht.

Sipi + Stepi

Neilich isch i de Zeitung gschtande, daß sich ä Frau vu ihrem Maa hot scheide loo, weil der wieder bim Brünzle uf d Abord-Brille tröpflet hot, obwohl se ihm scho hundertmol gset hot, daß se des ums Verrecke it leide ka. Er hot halt wieder tröpflet, und denn isch se verdloffe und zwar fir immer, wie s Läbe heit so schpillt. Die Notiz i de Zeitung hot en mordsmäßige Wirbel uusglöst, vor allem under de junge Lüt. Schtundelange Debatte hot's gäe, weil en angaschierte Flügel vu de emanzipierte Wiiber uns Mannsbilder scho lang eiteiled i sogenannte SIPI und STEPI.

En SIPI isch on, wo im Sitze pinklet, und en STEPI isch en Stehpinkler. Tausende vu Fraue hond's scho lang satt, daß se dem Kerle all die Tröpfle vu de Brille butzed, oder wenn er guet erzoge isch und d Brille lupft, de Klo-Schüssel-Rand suber mached. Die Eiteilung vu de Männer in SIPI und STEPI isch zunere richtige Weltanschauung worre und vor allem zume brisante Thema, wenn's um de Geschlächterkampf goht. S giit nämlich scho vill Manne, die mached us dere Sach ko Problem, die pinkled eifach im Sitze. Etliche kenn i, die finded des vill angenehmer.

De gröschte Teil fu de Mannswelt isch allerdings völlig anderer Meinung. »Des dät mi grad no drucke, daß i mi jedesmol bim Schiffe uuszieh und uf die Brille hock«, hot on ime Engemer Lokal gmont, wo se driber dischkeriert hond. Des

Thema isch so heißgloffe, daß es beinah Krach gäe het i dem schäne Café und zwar äbe deshalb, weil des Thema au ä Schtuck Weltanschauung isch, und wenn's um ihre Weltanschauung goht, do känned beide Siite fuchsteifelswild werre, sowohl d Wiiber wie au d Maane. SIPI, also sitzend pinkle isch noch de Uffassung vu de meischte Männer ä typisch, jo sogar archetypische Aagwohnet vu dem weibliche Gschlecht. STEPI, im Stehen pinkle, isch ä Zeiche vunere männliche Würde, und zwar seit de Maa erschaffe wore isch. No nie hot en Maa im Sitze sei Wässerle gmacht! Seit Johrmillione duet der des inere ufrächte männliche Haltung. Jetzt kummed aber die Wiiber und saged iberdeitlich, wenn des die onzig ufrächte Haltung sei, wo Er ane bring, des sei ihre denn scho weng z'wänig. Und wenn bi sinere ufrächte Haltung am End denn all no d Brille oder d Schüssel verbrinzlet sei, und Sie möß denn mit em Lumpe kumme, weil Er jo sei eigene Sauerei garit zur Kenntnis nimmt, des känn om denn scho uf de Wecker gange. Bekanntlich ging denn aber au uf Dauer mol de bescht Wecker in Eimer, und denn sei gschtuehlet. Sie känned die Frau sehr, sehr guet verschtoh, daß die irgendwenn mol de Huet gnumme hot. Etz, wa will mer als Maa dodezue sage? Früener hot mer sich halt scheide loo, wenn Er ä andere ghett hot, oder Sie en andere. Die Zeite sind grindlich vorbei. Heit goht's um diefere zwischemenschliche Problem, heit goht's um verbrinzelte Lokusbrille! Früener hot's Fraue und Maane gäe, die sind bliebe, au wenn's ander näbe use gange isch. Des wared Heldinne und Helde der Treue. Aber hüt giit's Maane, die brinzled nu no im Sitze. Des sind die neie Helden der Liebe!

Sie wird 60

Jessesna, wie mi des freit,
d Elfriede hot Geburtstag heit.

S hot gheiße, du hocksch ao und blärsch,
well du etz au scho 60 wärsch.

Du los, des ka i it verschtoh,
wieso soll's dir grad besser goh?

Gottsname lueg, so isches halt,
alle wäred mir mol alt,

de Mensch wird alt und abgenutzt,
wenn es ihn it scho vorher butzt.

Nu honi au scho usegfunde,
mit 60 hosch d Jugend iberwunde,

und des woß doch schließlich jeder,
je jünger daß mer isch, je bleder.

Z'recht findsch di i de Lebenswirre,
ersch wenn de reif bisch wie ä Bire.

Sag jo und it glei wieder nei,
mer moß jo it glei Fallobst sei.

Etz kasch'der, und des freit die meischte,
vor allem selle Sache leischte,

wo d Männer au gern a om säned
und Junge sich it leischte känned.

Vor allem, und des gottseidank,
hört des etz uf, »wa macht dich schlank?"

Hosch du scho mol daran gedacht,
daß jedes Pfund dich schäner macht?

Under uns gset, im Vertraue,
guck mol dem Rubens sine Fraue.

Lieber do und dert weng schpeckig,
mager isch wüescht und bsunders näckig.

S fangt scho a doch bi de Schueh,
heit hot bald jede junge Kueh,

weil mer, des scheint's, hon etz mueß
zwanzg Santimeter Klötz am Fueß.

Des bruchsch im Alter alles nume,
trotzdem kasch schick dohere kumme,

manch tollem Maa wird's richtig heiß,
it binere magere junge Geiß,

nei, ersch bi some reife Weib,
glaub jo it, daß i ibertreib,

älter sei isch garit lätz,
glaub mir, i woß, vu wa i schwätz.

Ä Gsichtle frisch und rosig gsund,
do guckt mer it uf jedes Pfund.

En Pulli und ä Perlekett,
und alls weng rund, i mach ä Wett,

frisch lache und vor allem locker,
des haut de schtärksche Maa vum Hocker.

Und wie's denn meischtens goht im Leben,
du bruchsch ihn nu no ufzuheben.

Abgsäeh devu, bim eig'ne Maa,
bisch älter au weng besser dra.

Let mer a Jährle wengle zue,
no lond se om au meh in Rueh.

Hon jo ko Angscht, 's woß jo de Kenner:
er wird im Alter au it schäner.

Im Gegeteil, je meh du blüehscht,
je schneller heißt's doch, wird er wüescht.

Sei nett zu ihm, denn er ka's brauche,
wosch, ihn duet s Alter firchtig schlauche.

Vor allem ons, des sottsch etz numme,
de Kinder d Sauerei ufrumme,

und schtell vor allem dine Enkel
so ab und zue mol recht in Senkel.

Du bisch und des isch doch des Wahre,
etz uf de Höhe deiner Jahre.

Etz isches Zeit, etz mosch no läbe,
suscht goht'der alls am End denäbe.

Kopf hoch Elfriede und bliib gsund
und freu di iber jedes Pfund,

vill Glick und denk vor allem dra,
mit 60 fangt s Läbe ersch recht a!

Wenn de im Compjuter bisch

Wo mer früener riesige Regal mit luter Karteikäschte brucht hot, do schtoht etz en Compjuter, und i dem Käschtle isch alls gschpeicheret, wa mol i dene riesige Regal ufghebt wore isch. Wemmer mol i so me Compjuter gschpeicheret isch, no hot mer gewissermaße s ewige Läbe. Do isch mer nämlich dinne, bis om ebber löscht, aber 's giit vill Situazione, do löscht om näermerd. So en Compjuter isch ä richtig humanes Gschirr, ä menschlichs Werkzeig, weil der Compjuter om it vergißt, ganz im Gegesatz vu de Lüt, wo nime a om denked, vor allem wemmer ä gwisses Alter erreicht hot. Wenn de mol uf die Nünzge zuegohsch, no läbed scho vill nume, wo um di ume wared. No wird's weng einsam um di rum, und wenn de denn mol im Altersheim bisch, no reißt mer sich nume so um dich. Mer kännt au sage, denn isch »ko Griss meh um om«.

Aber denn kummt der Compjuter zum Trage, denn de sell vergißt dich it, wenn de gschpeicheret bisch. Wenn alle untreu wered, de Compjuter bliibt dir treu. Des hot ebbes Rührendes, daß de Mensch ausgrechnet zu dem Zeitpunkt ebbes Technischs erfunde hot, wo a de Mitmensch denkt, wenn de Mensch ko Ziit meh hot, zum a de Mitmensch z'denke. Des isch ganz wichtig, grad und vor alle Dinge i de Altersheim. Die Wirtschaft vergißt de Mensch nie, au wenn er iber hundert were dät. I mon nadierlich it de Sterne, de Löwe oder s Rössle. I mon die Volkswirtschaft, bsunders die Gschäftswelt. Wer mol als Kunde i some Compjuter gschpeicheret isch, der isch au im Alter nie elei und vergesse. Do kriegsch immer wieder Poscht, und wenn's nu Sonderangebote sind.

So ä fimfennünzgjährige Urgroßmamme freit sich doch mordsmäßig, wenn se wieder erfahrt, wa ihre Modehaus fir neie Modell für sie bereit hot. Und wenn vorne uf em Prospekt so ä herzigs Gschöpfle sine Zähnle zeigt und lachet, weil's so glicklich isch, iber des neue Häs, wo se'm aazoge hond, no lächelet au die Urgroßmamme i ihrem Rollschtuhl, weil des Lächle vu de Jugend doch aaschteckt.

Gsetzt de Fall, daß die Urgroßmamme näermerd meh hot, wo sich um se kimmeret, no ka se sicher sei, daß se jedes Johr zum Geburtstag ä Briefle vu ihrem Kreditinschtitut kriegt, wo mer ihre zum Geburtstag gratuliert. Des macht äbe de Compjuter. Do drucksch uf ä Taschte, und denn zeigt der uf dem Törminel, also uf dem Fernsehschirmle ganz genau, wer a dem Tag alles Geburtstag hot. Nadierlich zeigt er it alle Kunde, er zeigt nu die selle, wo scho iber Fimfesiebzge sind. Etz druckt mer wieder uf ä Taschte, wenn uf dem Bildschirmle d Frau Kutterer erscheint, und denn druckt de sogenannte Drucker ä Briefle mitsamt de Adreß vu de Frau Kutterer a d Frau Kutterer.»Die Dingskasse von Fitzleshausen gratuliert Ihnen, liebe Frau Kutterer, zu ihrem 95sten Geburtstag recht herzlich. Mögen ihnen noch viele schöne Jahre bei bester Gesundheit vergönnt sein.« Die Frau Kutterer ka zwar nime laufe, nime schtoh und schier nume liege, aber sie freit sich mordsmäßig iber des Briefle. Wenn der Gompjuter it gsi wär, hett se ko Briefle kriegt, no hett'ere näermerd zum Geburtstag gratuliert. Mei Tantele isch etz scho drei Johr ohne Bewußtsein, aber i lies ihre immer die Briefle vor, und i hon so s Gfihl, daß ihren Geischt nebem Bett sitzt und sich au freit, daß wenigschtens de Compjuter a se denkt hot. Drum hot fir mi die heitige Technik au ä diefe humane Dimension.

»Ein noch älterer« Herr

En Mensch, wo it entscheidungsfreudig isch, wo bi jedere Glägeheit it woß, soller oder soller it, der hot i de heitige Gsellschaft ko Schoos meh. Drum setzt mer i de Wirtschaft vor allem uf die Junge, weil selle it lang iberleged, sondern mached. Manchmol isch denn des, was se gmacht hond, weng en Scheiß, aber des isch egal, Hauptsach 's isch gmacht. Die sogenannte Zauderer und Zögerer, die hond kon Schtich meh, au wenn se no so en Schtich hond. S isch scho weng paradox: die Wirtschaft setzt uf die Junge, und i de Wirtschaft setzed se uf die Alte, weil die Junge ko Sitzfleisch hond und drum it so vill suufed, wie die alte Schtammgäscht. Je älter de Mensch wird, um so größer wird sin Verzögerungsfaktor. I hon mi au scho dra verdwischt, wie i vor em Wurschtschtand rumgschtande bin und mir iberlegt hon, soll i etz lieber Landjäger hole, oder dät i am End it doch besser Serbele mitnäh?
Wie des funkzioniert, isch mer neilich wieder amene Beischpiel klar wore, wo en »noch ältere« Herr de ganz Supermarkt blockiert hot. I hon grad welle wieder min Magerquark us em Küehlfach fir Molkerei-Produkte hole, do schtoht der »noch ältere« Herr au a dem Küehlfach. Sin Einkaufswage hot er so anegschtellt, daß näermerd meh durchkumme isch, und denn hot er, ä junge Frau gfrogt, ob sie ihm zeige känt, wo die Schlagsahne isch. Sie hot ihm denn

die Schlagsahne zeigt, und er hot zwei Päckle usegnumme. Ons hot er i de Korb tue, und ons hot er aaglueget und zu dere junge Frau gset, das sei aber Rahm und keine Sahne. Die junge Frau hot ihm denn klargmacht, daß mer us dem Rahm Sahne schlagt, denn isch se weitergloffe, aber der »noch ältere« Herr isch schtandebliebe, hot des Päckle mit Rahm wieder aaglueget und de Kopf gschittlet. Wenn aber ebber glaubt, daß der sin Einkaufswage au nu en Zentimeter uf d Siite gschobe het, no isch derjenige uf em Holzweg. Inzwische isch eine noble Dame mit ihrem Karre doher gestolziert, aber sie isch nadierlich it durchkumme, weil der »noch ältere« Herr alles blockiert und all no a dem Rahm-Päckle rumgschdudiert hot. Die noble Dame hot den »noch älteren« Herrn freundlich gegrüßt, weil se der kennt hot, und er hot die noble Dame au freundlich gegrüßt, weil er sie kennt hot, und denn hot der »noch ältere« Herr der noblen Dame des Päckle zeigt und seine Bedenke geäußert, weil er doch Schlagsahne fir sei Frau hole wett und do dät Rahm uf dem Päckle schtande. Inzwische sind Schtucke fufzeh Lüt mit ihrene Kärre hinderenand gschtande und hond aafange muule. Vu hinde hot on mit eme Schnauzbart gruefe: »Hei, wa isch etz, schlofed ihr do vorne?«

Do hon ich dem hindere gruefe: »Nei mir schlofed it, aber der etwas »noch ältere« Herr vor mir hot ä Problem!« Inzwische hot die noble Dame dem »noch älteren« Herrn des mit dere Sahne und dem Rahm verklickeret. Die zwei beiden hond sich heflich vunenand verabschiedet, und die Schlange hot sich in Bewegung gsetzt. Ime günschtige Augeblick honi den »noch älteren« Herr iberhole känne und war richtig schtolz druf, daß i zerscht a de Kass gsi bi. Woni denn dusse war, honi mir iberlegt, wie lang's no daueret, bis us eme ältere Herr en »noch ältere« Herr wird. Ufs mol isch mer eigfalle, daß i s Vollkornbrot vergesse hon. No honi nu no zu mer selber gset, 's isch so weit!

E-Mail

Wa en Brief isch, brucht mer eigentlich näermerd erkläre, aber goht nime lang, no woß au des bald kon Mensch meh. S Briefschriibe vu Hand isch sowieso scho lang us de Mode kumme. Mer derf etz en private Brief au uf de Schreibmaschine tippe, des isch heit nume so ungehörig, wie's früener mol war. Aber au die maschinegschriebene Brief sind efange ä Selteheit. Weil's telefoniere vill eifacher isch, au wenn's meh koscht, und seit's die Händi giit, schwätzt mer sowieso nu no mitenand iber Satelitte.
Mer hot au ko Ziit meh, zum Brief vu Hand oder mit de Maschii schriibe. Mer hot jo sowieso fascht ko Ziit meh zum z'Mittagesse. Mer fahrt mit em Auto zum Mäc Donald ane und loht sich so en Faschtfud-Mäc durchs Fenschter gäe, und während mer uf dem Plaschtikzügs umekaut, ka mer mit sim Händi mit sim Görli schwätze, des goht alls ganz guet mitenand. Des isch des neue Lebensgfiihl, drum schtoht uf jedere Würschtlebude au »Quick-Imbiss!« S moß alles schnell go, »quickly«, weil mer denn meh Ziit gwinnt. Mer wissed denn zwar it, wa mer mit de gwunnene Ziit afange sotted, aber mer hot se halt, die Ziit, und wa mer hot, des hot mer, au wemmer it woß, zu wa mer hot, wa mer hot. Und grad etz bringt des elektronische Zeitalter so richtig Schwung i de Lade. Vill mached etz grad quickly en Lade off und mached en in kürzeschter Zeit quickly wieder zue. Denn kummt en andere und macht den Lade quickly wieder off. Des schafft neue Arbeitsplätz, wo genau dert entschtond, wo's die alte Arbeitsplätz butzt hot.

Mer hond's aber vu de Brief ghett, wo nume gschriebe wäred, und do moß mer de Ehrlichkeit halber eifach zuegäe, daß etz grad wieder vill Brief gschriebe wäred, bloß heißed se nume Brief, sondern E-Mai, wa mer »I-Meil« usschpricht. Des isch englisch, und ä Mail isch ä postalische Mitteilung. Des Englisch isch momentan saumäßig »in«, und wer it woß, wa ä Mail isch, der isch mega-out, wie alle sellene, wo kon PC, also kon Personal-Computer hond oder bediene känned. Mit some Compjuter ka me nämlich Mail verschicke und weil des Ding ä elektronisches Gerät isch, heißed die uf some Compjuter gschriebene Brief »I-Meil«, des isch also elektronische Poscht. Wa me sich do mailt, des isch kon Briefwexel meh wie früener, des isch Kommunikazion.

Früener hot mer mitenand gschwätzt, heit wird nu no kommuniziert, obwohl kaum ebber vu dene Mail-Kommunikante me zum Kommuniziere goht. I dene Kulturblättle, wo me i de Gschäfter umesuscht mitnäe ka, do giit's vill Partnersuech-Anzeige. Des sind die »Lonely Hearts«, also die einsame Herzle. Do schildered Wiible und Maale ihre Sehnsucht noch Zwei- oder Dreisamkeit, und am Schluß vu dene Azeige heißt's denn alleweil, »schick mir doch ein Mail!« Au i vill Firme schwätzed die Vorgsetzte scho lang nume mit de Mitarbeiter. Obwohl se oft nu a Glaswand trennt, schicked se sich etz ä Mail, wenn se sich ebbes zum sage hond. Des neue Syschtem hot mordsmäßige Vorteil. Wenn en Schef oder ä Schefin wieder ebbes zum Meckere hot und du wirsch nime persenlich agschproche, sondern per »I-Meil«, no kriegsch kon rote Kopf meh vor Wuet, weil mer scho während der elektronische Brief uf dere Mattscheibe erscheint, in aller Ruhe und sogar laut sage ka: »O du Arschloch!« Des schafft augeblicklich Luft, und weil de Schef oder die Schefin des it hört, wird au nix gschtört. Mer sott iber die neue Technik it maule, sondern dankbar sei, daß mer bim Meile maule ka und trotzdem kommuniziert!

Compjuter-Virus

Mir däted etz grad nime i de Moderne läbe, sondern i de Poschtmoderne, also i de Nochmoderne oder i de Moderne noch de Moderne. Des merkt mer am beschte do dra, daß d Menschheit, solang se exischtiert, no nie so gschied war, wie se etz grad isch. S Gschiedescht, wa de Mensch etz grad fabriziert, des isch die Compjuterwelt, wo alls mitenand vernetzt isch. Etz brucht mer nume schwitze mitenand, sondern hockt sich vor de Törminel und druckt uf de Taschte www de und sucht no ä Wort und scho hosch Verbindung mit de ganze Welt, und die ganz Welt hot Verbindung mit dir. Wie's aber so isch mit dem moderne Züg, 's hot halt au sine Hooke. S isch verruckt, aber it nu de Mensch ka vume Virus befalle wäre, etz gond die gschissne Vire au no i die Compjuter, und wenn so en Virus i dem Compjuter isch, no bisch mit deim Internet ganz schä aagschisse. Des Gemeine a dere Sach isch des, daß Compjutervire it vunim selber kummed, wie zum Beischpiel en Grippevirus. Den schnappt mer halt oemeds uf und denn legt's om flach.
Nei, die Compjutervire, die drucked se om absichtlich nei. Din Apparat wird absichtlich aagschteckt vume Mensch, wo bi dir en Durenand veranschtalte will und it au bi dir, sondern meglichscht s ganz Netz. Die Kerle, wo so ebbes mached, des sind »Hacker«. Des isch en ganz neie Tschob. Früener hond alls die blede Lüt Fähler verursacht, und etz verursached die Intelligente absichtlich sottige Fähler. Die

Hacker sind nämlich richtige Sieche, des sind die tollschte Schpezialischte i de Compjuterwelt. Sie sind gschieder wie die andere und mached sich de gröscht Schpaß drus, daß se de andere Lüt ihren Lade durenand bringed. S isch no it mol lang her, do hond sottige Hacker en Virus losgschickt, wo sich in Windeseile verbreitet hot und s ganz Compjutersyschtem vu Großfirme, Behörde und sogar Regierunge lahmglegt hot.

I Amerika, i de Schwiiz, i Öschtreich, England und Skandinavie war de Deifel los und bi uns nadierlich au, und wie! Die Fraue und Maane vor däne Glotzkäschtle hond ufs mol nume schaffe känne, weil die Dinger nume funkzioniert hond. S hot Firme gäe, do sind d Lüt homgange, weil der Sauvirus ganze Netzwerk lahmglegt hot. Etz kännt mer jo schadefroh lache und sage, des gschieht dere gschiede Menschheit räeht, warum verloßt se sich uf ä Netzwerk vu luter Apparätle, bis se eines Tags soweit kummt, daß kon Mensch meh mit em andere schwitzt, weil se sich nu no E-Mail schicked. I some E-Mail war de Virus verpackt und des au no als getarnte Liebesbrief.

Wenn so ä E-Mail-Briefle akumme isch, under »ai laaf ju« (I love you), des isch englisch und heißt »ich liebe dich«, no hot nadierlich jeder denkt, ha des intressiert mi doch, wa i dem E-Mail Briefle schtoht, und scho war de Virus i dim Kaschte und hot alle Adresse i dim Kaschte aagschtekt. Des moß mer sich mol vorschtelle! Do griegsch en elektronische Brief mit »ich liebe dich« und wenn en elektronisch offmachsch, no siehsch ganz schä alt aus, mit dim moderne Käschtle. Des isch direkt ä ganz neie Art vu Pornografii. Des hot mer vu dere poschtmoderne Liebe und dem Apparätles-Netzwerk. Loß d Pfote wäg vu dere elektronische Liebe und loß dr »ai laaf ju« persenlich sage, no griegsch au kon Virus, wo der alls lahmlegt, obwohl mer au do seit jeher nie sicher isch …

S Adapterle

Wemmer en Radio, en Platteschpiller, en Cassetterekorder oder gar en CD-Pleier hot, aber kons vu dene Gerätle lauft, weil de Stecker vu dem Kabel it neibaßt, no brucht mer en Adapter. Me sott besser sage, ä Adapterle, weil des ä kläs Zwischeschteckerle isch, mit eme verschiedene Vorder- und Hinderteil. Bei de Mensche isch s Vorder- und s Hinderteil au verschiede, aber des hot wieder en andere Grund. Wemmer so ä Adapterle will, no moß mer ine Fachgschäft, und am beschte goht me inen Elektro-Großmarkt, und i so on bin i gange, weil mei Radiole, woni vunere verstorbene Tante g'erbt hon, it gloffe isch, weil ko Schnur neibaßt hot.

Nochere Weile honi die Adapterle gfunde, aber do giit's Schtucke hundert verschiedene, wo alle i so durchsichtige Gückele eipackt sind. I hon kons gfunde, wo baßt hot, und noch dreiviertel Stund honi en Verkäufer gsuecht, aber do kasch lang sueche. Noch zeh Minute honi on gfunde, aber der war it selle geschprächig. Während i dem mei Problem erklärt hon, hot der all anere Schachtel rumgmacht, und wo i ihm denn mei Kabel zeigt hon, hot er gmont, des känn it sei, des mößt passe. Etz honi us de Aktetasch mei Radiole usehole welle, aber 's hot sich rausgschtellt, daß i's dohom uf em Kuchetisch stoh lo hon.

I soll's hole, hot der Mensch gset, aber bis i mit mim Autole vu de Südstadt i de Nordstadt gsi wär und wieder z'ruck i de Südstadt, do hett der Elektromarkt scho lang zue ghett. Etz bin i zwische firchtig vill Radio umenand gloffe und hon on gsuecht, wo de Anschluß so aussieht, wie bi mim. Um halbe viere bini i den Rieselade kumme, und um halbe sechse honi ä Radiole gsäeh, wo hinde, wo de Stecker ine kunnt, genauso ussieht wie mins, wo etz dohom uf em Kuchetisch stoht. Um dreiviertel sechse honi den Verkäufer wieder gfunde, no hot der gmont, des sei ä Auslaufmodell. Fir den gäb's kone Adapter meh.

Eigentlich hett i dem Mensch gern sage welle, daß des en Scheißlade sei. Weil der Mensch en Kopf länger war wie i bin, honi mi beherrscht und nint gset. I hon en eifach stoh lo, bin zuegloffe und war stolz uf min moralische Sieg. I moß aber ä Gsicht gmacht hon, wie wenn i grad i d Hose gschisse het. Do kummt z'mol en andere Verkäufer uf mi zue und set: »Ha des isch aber nett, daß Sie mol bi uns sind. Vorgestern honi Sie im Radio ghört und ä richtige Freid ghett. Aber warum mached Sie au so ä traurigs Gsicht?«

Etz honi mei Gschicht mit dem Adapterle verzellt, hon mei Kabel zeigt und des Radio, wo so ussieht wie sell, wo etz dohom uf em Kuchetisch schtoht. No hot der nu glacht und gmont: »Mir hond hinde im Lager no ä Kischtle mit alte Adapter. Do find i sicher on, wo a Ihre Radiole paßt. Warted Se en Augeblick, i gang mol ge luege!« Noch it emol fimf Minute kunnt er wieder und bringt mir so ä Steckerle. »Sodele, der baßt, und etz känned Se sich selber zuelose, wenn Se wieder im Radio schwätzed!« Mit beide Händ honi sei Hand ghebt und us diefster Iberzeigung gset: »Sie sind en wirklich echte Mensch! Des sind no lang it alle, wo uf zwä Fieß laufed. Wenn alle wäred wie Sie, no dät's andersch ussähne uf dere Welt!« No hot's us em Lautsprecher tönt: »Wir bitten Sie, sich zu beeilen, wir schließen in wenigen Minuten!« Mir isch wieder mol klar wore: wa nitzt die ganz moderne Scheißtechnik, wenn de it au no ime echte Mensch begegnesch!

Advent 1999

Advent, Advent, wa heißt Advent?
Alle hetzed, jeder rennt,
im Hirn nu ons: Geschenkidee!
Ab und zue hot's wengle Schnee ...

Mer känt in Werbung grad versaufe,
kaufe sott mer, nix als kaufe.
De allerletzschte Scheiß vu Sache,
jeder will sin Reibach mache ...

Hunderttaused Lichter brenned,
wenn d Leit etz durenander renned,
und de allerletzschte Renner,
sind die blede Weihnachtsmänner ...

S schmeckt noch Glühwein i de Stadt,
vum Marzipan bisch etz scho satt.
De gliiche Zirkus alle Johr
mit Tannereis und Engelshoor ...

Süß, wie die Ladekasse klinged,
wenn Kinderchörle herzig singed.
S frohlockt, daß om de Schädel brummt,
weil etz go bald de Heiland kummt ...

Debei isch d Krippe längscht verschtaubt,
weil a sell Kind bald kon meh glaubt.
Des mit dem »Heiland auserkore«,
den Glaube homer doch verlore ...

De Schtall vu Bethlehem isch etzt
durch des moderne Glump ersetzt.
Etz schtond Computer a dem Platz,
fir Ochs und Esel als Ersatz ...

Maria und Josef sind verschwunde,
schtatt Hirte hot's nu Software-Kunde.
Die neue Krippele, die händ
etz d Aktiekurse a de Wänd ...

Wo des Kindle domols gläge,
erteilt de Geldsack etz de Säge,
und alle schtond drumrum und beten,
zum Christkind it, nein zu Moneten ...

D Welt dreht sich, und sie bliebt it schtoh,
die Menschheitsgschicht wird wiiter goh,
s Rad vu de Gschicht, des dreht sich sausend,
mer sind bereits im Johr zweittausend ...

Wo's uns guet goht, hond andre Not,
wo d nagucksch, schlaged se sich dot,
und denn derf mer it vergesse,
ä Drittel nu wird satt bim Esse ...

Wer weng Hirn hot, isch betroffe,
au wer nint glaubt, isch doch am Hoffe,
vu all dem Scheiß, vu all dem Böse
sott mer die Menschheit doch erlöse ...

Mer hofft, des ka mer doch verschtoh,
's moß irgendwenn gerecht zuegoh,
alle Schmerze, alles Weh,
menkmol denksch, wa kunnt no meh ...

Alle Träne, all des Schterbe,
alle Not, all des Verderbe,
des derf, des ka it s Letschte sei,
des will i unser Hirn it nei ...

Au wer des Wörtle GOTT it kennt,
die letschte Hoffnung, de'sch ADVENT,
Leut hond Hoffnung, schöpfed Muet,
die Schöpfung hot ä Ziel, 's wird guet ...

De Rescht, den sag i nu no leise,
wer glaubt und hofft, hot nie Beweise,
die Hoffnung wünsch i eu, it meh,
i find, des isch ä »Gschenkidee« ...

Russemusig

Manchmol hot mer ä Erlebnis, des isch gleichzeitig schä und au wieder it schä. Ä guets Beischpiel isch des, wa i grad neilich erläbt hon. Do honi möße durch d Fueßgängerzone laufe bis abe a de Bahnhof. Etz honi z'mol klassische Musig ghert. S hot mi denn scho intressiert, wer do ame Mäntigmorge i de Fueßgängerzone scho klassische Musig laufe lot und wa des wohl bedeite sott.

Woni denn dene Tön nochgloffe bi, do schtoht pletzlich zwische de Kaufhäuser ufere Kreizung i dere Fueßgängerzone ä Kapelle, aber weil's nu vier Mann gsi sind, dät mer do ehnder sage, des sei ä Quartett. Wenn etz ebber it woß, wa ä Quartett isch, dem mößt mer sage, »ä Quartett isch ä Quintett, wo oner fehlt«. I kännt it behaupte, daß die vier Musiger nobel azoge gsi sind. Nei, sie wared ehnder weng ärmlich kleidet, und 's isch au ä it übliche Zämmesetzung vume Bläserquartett gsi. S war ä Trompet, ä Saxofon, ä Posaune und en Baß, und der war so verbeulet, wie wenner usere Guggemusig schtamme dät. Wa die Vier aber gschpillt hond, und sie hond nu klassische Musig gschpillt, des war so perfekt, wie wenn's vunere Schallplatte, wo se heit CD dezue saged, kumme wär.

Etz isch perfekt aber äbe no lang it alls, wenn Musig guet sei soll. I hon die Wörter it parat, wo me als Musig-Kritiker ho moß, damit de Leser au merkt, wa der Kritiker fir ä Korifähe isch. I ka nu mine eigne Wörter verwende. Do giit's ä Wort, des heißt »beseelt« und wa die au gschpillt hond, des hot beseelt klunge. Mozart hond se gschpillt und Bach und Vi-

valdi und zwitschgedure en moderne Komponischt, und alls wa se gschpillt hond, des hond se leideschaftlich gschpillt, mit Inbrunscht, mit Seel, eifach musikantisch.
I bi schtohbliebe und hon zuegloset und war total begeischteret vu dere Musig vu däne vier junge Maane. Ä Schachtel hond se vor sich dane liege ghett, do hot mer känne ebbes inewerfe und uf me Zeddel isch gschtande, sie seied Schtudente us St. Petersburg. Also, i hon scho manchs Bläser-Ensemble höre derfe, aber die Viere wared Schpitzeklasse, honi gfunde. Weil se denkt hond, die Viere, sie kännted die deutsche Seele weich mache, hond se denn no s »Ave verum« gschpillt, aber die deutsche Seele, wo do umenandgschosse sind, ä dem Mäntigmorge, die ka me mit nint weich mache. En Rentner miteme mordsmäßige Ranze und beide Händ im Sack isch direkt vor se ane gschtande und nochere Weile gottseidank zuegloffe, aber suscht isch näermerd schtohbliebe.
Alle sind se vorbeigschosse, wie wenn se's im Akkord hetted. Ab und zue hot mol ebber ebbes i die Schachtel gworfe, aber zuegloset hot dem Schpitze-Quartett ko Sau. Vu mim Platz ame Hauseck honi gsäne, wie sottige au vorbeigschosse sind, wo regelmäßig i alle klassische Konzert gond, wo i unsre Stadt veranschaltet wäred, aber die höred äbe nint, wenn vier so Kerle im Freie musiziered. Däne ihr G'hör goht ersch off im Konzertsaal, im entsprechende gsellschaftliche Rahme. Des war des, wan i it eso schä gfunde hon a dem musikalische Erläbnis, woni so schä gfunde hon. Uf em Homweg isch mer's kumme, daß mer die Viere doch zume Kultur- Förderpreis vorschlage kännt. Woni aber nomol zruckgloffe bi und hon se welle noch de Näme und de Adreß froge, no wared se nime do, die vier russische Schtroßemusikante us Petersburg, wo i unsere Fueßgängerzone s »Ave verum« gschpillt hond fir selle, wo Ohre hond, aber it zum Höre...

Neue Maßstäbe

»Anton Käferle setzt neue Maßstäbe«, isch groß als Überschrift i de Zeitung gschtande, und etz hot's mi doch intressiert, wa des fir neue Maßstäbe sind, wo de Anton Käferle do setzt. Ibrigens war des ko Überschrift, sondern eine Hädlain, wie des heit heißt. Des isch englisch und isch ä Kopflinie, und heit isch ä Kopflinie wa früener mol ä Überschrift gsi isch. Jo 's isch halt scho so, jede Zeit »setzt neue Maßstäbe«, des gilt au fir d Sproch. Früener hot mer halt ä Schpritztour gmacht und heit mached se Joyriding, und des klingt eifach zeitgemäßer. Unter Joyriding ka mer sich jo au vill meh vorschtelle als unter dem altmodische Wort Schpritztour. Des Wort war jo sowieso falsch, weils selte ufere Schpritztour gschpritzt hot, drum sott me au bi de Wörter meglichscht Back to the Roots, z'ruck zu de Wurzle, damit au alle verschtond, wa mer sage will.

Nadierlich honi den Artikel iber de Anton Käferle glese, und do hot sich denn rausgschtellt, daß de Käferle de zweite Beisitzer vu dem Verein isch, wo sine Kleingärte am Quellebächlemoos hot, des isch ä Gwann im Oschte vu de Stadt, wo früener mol ä Quelle gsi isch, wo ä Bächle drus wore isch, und wo des Bächle mitsamt dem Quellele versiegt war und nu no Moos gwachse isch, hot mer des Teil vum Stadtrand Quellebächlemoos tauft. Etz sind dert Kleingärte, und die Besitzer vu dene Kleingärte sind ime Verein zämmegschlosse, und i dem Verein isch äbe de sell Anton Käferle zum zweite Beisitzer gewählt wore.

Alle Kollege hond em gratuliert, woner gwählt wore isch, und er isch ufgschtande und hot mit ernschtem Blick i die Versammlung nei gruefe, »ich nehme die Wahl an!«. Sie hond nadierlich scho gwißt, wägewarum se de Käferle zum zweite Beisitzer gewählt hond. Sie hond todsicher gwißt, daß mer vu dem no was hört, und so isches denn au bald kumme. Sin Bue hilft all ime Schuelkamerad bi de Ufgabe, und de Vadder vu dem Schuelkamerad isch bi de Zeitung, und etz hot der Zeitungsmensch mit dem Anton Käferle en Date usgmacht, damit er i sim Blättle ä Feature bringe kännt, und iber dem Feature isch die Headline gschtande, »Anton Käferle setzt neue Maßstäbe!«. De Käferle hot nämlich uf eme Streifle i sim Kleingarte all Schnittlauch ufzoge, weil er und sei Frau vill Schnittlauch bruched, weil se beischpielsweis vill Bibbeleskäs essed, wobei mer glei sage moß, daß der Bibbeleskäs bis Käferles Quarkspeise heißt, und des isch denn scho weng ebbes anders. Aber der Schnittlauch, wo uf dem Streifle gwachse isch, der war furztrocke, also extra-dry, und anstatt der Käferle etz den Schnittlauch usegrisse und Rase gsät hett, hot er zwar den trockene Schnittlauch scho usetue, hot aber anstatt Rase Peterle gsät, also Petersilie, und dodemit hot de Käferle schlagend bewiese, daß er eifach en innovative Typ isch. Der Artikelschreiber hot en schwer globt, de Käferle, wäge sinere Risikofreudigkeit. On, wo Pech hot mit Schnittlauch und grad z' leid Peterle säät, der ghört zu sellene, wo nicht ufgäbed, des sind die, wo »neue Maßstäbe« setzed und ihre Know-how it fir sich bhalted, äbe die Käferles!

D Schueh raa

»D Schueh raa«, hot min Saunakolleg gseit, womer uns i de Kabine uuszoge hond. Denn hot er nomol gseit, »d Schueh raa«. Etzt honi aber doch welle wisse, wa des bedeite soll, daß er zweimol seit »d Schueh raa«. Uf omol hot er afange verzelle, min Saunakolleg, wo omol i de Woch vum obere Hegau obeabe fahrt und am gliiche Tag wie i i d Sauna goht: S isch nochem Zweite Weltkrieg gsi, ane fimfevierzge. S isch also etz fimfefufzg Johr her, do sei er grad zeh Johr alt gsi und d Modder und de Vadder wared gschtorbe, do ischer zu Pflegeeltere kumme. Die hond den Bue au nu wäge de Vergütung ufgnumme, wo mer griegt hot, wemmer ä Kind i Pfleg nimmt. Weil bi däne Pflegeeltere au de Schmalhans Kuchemeischter gsi isch, hot er möße i de Landwirtschaft helfe, der Bue. Die Bauersfrau uf dem Hof, woner hot schaffe möße, war ko Guete, wie se do saged. Wenn's Spätzlesuppe mit weng Speck dine gäe hot, no hot se d Spätzle mitsamt em Speck usegfischt, wenn se dem Bue gschöpft hot und hot gmont, d Brüeh dät's scho für'en, d Spätzle und de Speck seied nu fir die Große. Weil er kone Schueh gha hätt, de Bue, hot se ihm ä Paar Schueh kauft vu om, wo bim Hamschtere Schueh aabote hot. Die hot de Bue derfe aziehe, aber nu zum Schaffe ufem Fed. Wenner vu de Arbet homkumme isch, no hot se glei usem Hus gruefe, »d Schueh raa«. Der kurze Satz ischem bliebe, dem Bue, bis etz, woner i de sechzge isch. S Schicksal mont's it mit allene gliich guet, debi war min Saunakolleg bis hüt no nie bime Psychiater, wonem helfe dät, sei freudlose Jugend ufarbeite. Sie hot sich hälinge als Eier brote, also Ochseauge gmacht. Die hot se all gmacht, wenn d Maane ufem Feld wared. Jedesmol, wenn wieder Eier gfehlt hond, no hot mer de Bue verdächtigt. Uf die Idee, daß d Bäuerin hälinge Spiegeleier verdruckt, isch näermerd kumme. S isch denn all Johr wie alleweil de Winter kumme, und do giit's bi de Bure weng weniger Arbet. Der Bue hot aber trotzdem esse möße, und zu wa soll on esse, wenner nint oder wenig zum Schaffe hot. Denn hond se en Trick agwendet, und der hot sich all Johr bewährt. Mer hot eifach behauptet, de Bue heb a Armbanduhr gschtohle, oder suscht ebbes Wertvolls. Denn hot mer de Bue furtgjagt und hot zunem gseit, »wenn de die Uhr wieder bringsch, no kasch wieder kumme!« Wie het au der Bue die Uhr bringe känne, vu dere er ko Ahnung ghett hot? Etz war en Esser weniger am Tisch, und die Bauerslüt wared zfriede. Im Frühjohr isch denn die Bäuerin zu de Pflegeeltern gange und hotene verkindet, daß sich die Uhr wieder gfunde hot, de Bur hett se verlegt und nume gwißt, wo na. No hot de Bue wieder känne ge Schaffe kumme, gege Schpätzlebrüeh, aber ohne Schpätzle und Schpeck und wenner vu de Feldarbet hom kumme isch, de Bue, no hot se scho vu Wiitem gruefe, »d Schueh raa«. Im Winter hot denn angeblich wieder ebbes gfehlt, wo de Bue klaut hot. So isches gange, bis de Bue zmol i de Pubertät war, und mit vierzehne hot er mol de Ufschtand riskiert. S hot wieder mol Schpätzlewasser gäe, und er war elei mit de Frau im Hus. Z'mol hoter zunere gseit, »des kasch selber fresse!« Do hot se große Auge gmacht und gsähe, daß de Bue au große zornige Auge macht, no ischeres weng uheimlich wore und am Obed hoter d Schueh nume raa tue! Woner mir die Gschicht verzellt hot, min Saunakolleg, do honi denkt, die sotted no meh Lüt höre, drum honi se etz gschriebe.

Depression

S war a Allerheilige. Wie andere Leit au, sind die Mei und i ge Konstanz uf de Friedhof, weil dert d Gräber vu unsere Eltere und Verwandte sind. Mer hond wie alleweil en Hufe Leit troffe und mit sellene weng gschwätzt und mit sellene weng gschnorret. Eigentlich waremer früeh dra, mer sind scho vor de zehne uf em Friedhof gsi, ufs Mol war's scho iber halbe zwelfe, no honi gmont: »Etz kochesch aber nume, etz gomer grad mitenand ge esse.« So homer's gmacht und sind wie alleweil in de »Stille Winkel« zu de Erna. Dert simer dohom.

Wie mir so am Tisch sitzed und ufs Esse warted, guck i grad is Gsicht vunere Frau, wo ame andere Tisch gsesse isch, aber quer zu unserm Tisch. Z'mol schtreichlet de Maa näbe dra die Frau ganz zärtlich iber de Kopf und ibers Gsicht, 's war sicher ihren Maa, und denn hot er wieder mit de andere Gäscht gschwätzt und glacht, 's war nämlich ä luschtige Gsellschaft. Des Gsicht vu dere Frau hot sich aber it veränderet, sie hot all nu gradaus glueget, direkt mir is Gsicht glueget, aber sie hot durch mi durch glueget, wiit weg, is Uferlose, is Bodelose, is Troschtlose. D Auge hond kon Glanz meh ghett, s Gsicht war schtarr und unbeweglich, und de Mund war nu wie en Schtrich, wo uf beide Siite weng abe gange isch, 's war ä Gsicht vume Mensch, wo ko Hoffnung meh hot, wo nix meh sieht um sich rum und nix meh hört, wo nime schpührt, wenn er gschtreichlet wird.

Do isch en Mensch mir gegeniber gsesse, der hot nime derfe Mensch sei der war ime abgrundtiefe Loch gfange, und d

Angscht und d Verzweiflung sind als Person a dem Tisch gsesse und hond gradaus glueget, hond mir is Gsicht glueget, hond aber mei Gsicht it gsäeh, sondern durch mi durch glueget is Leere, und nix isch schlimmer, als wenn de Mensch mit de absolute Leere konfrontiert wird. I hon die Mei gschtupft und hon se gfrogt: »Hosch des Gsicht vu dere Frau do dibe scho gsäeh?« Die Mei hot nu mit em Kopf gnickt, und mir hond beide Bscheid gwißt.

Sie kennt so Gsichter, kännt's vu mir, wo i so ä Gsicht ghett hon, und i kenn mei Gsicht vu domols, vu Fotografie, wo zuefällig bime Anlaß gmacht wore sind und wo i au druf bin. S war die grauehafteschte Zeit i mim Läbe. So moß es i de Höll sei, und d Umwelt verschtoht nix devu. »Des wird scho wieder besser, ihr mond halt luege, daß der wieder weng uf andere Gedanke kummt, und er moß sich halt au weng zämmereiße!« Sottige Weisheite hot die Mei domols höre möße, wo i so a Gsicht ghett hon und i minere eigene fürchterliche Angscht und Leere glebt hon. I hon's iberschtande, hon ä zweits Läbe gschenkt griegt.

Mer iberschtoht ä Depression aber it wäge däne bledsinnige Schprüch, wo d Leit a om und a die Angehörige aneschwätzed. Mer iberschtoht se nu mit de Hilf vu däne, wo au scho mol hond i some Loch läbe möße und mit de Hilf vume guete Arzt und mit de Hilf vu däne Gruppe, wo's iberall giit, wo de Angehörige helfe und rote känned, wie mer mit sonere Krankheit umgoht, denn ä Depression isch kon Schnupfe, sondern ä schwere Krankheit.

Mer sott it so tue, als dät se vunim selber wieder verschwinde, und mer sott sich vor allem it schäme vor de Leit. Alles psychisch Kranke isch ko Schand, sondern ä normale Krankheit, aber ä wüeschte. Hoffentlich findet selle Frau, wo a Allerheilige durch mi durchglueget hot, hoffentlich findet se Anschluß a Leit, wonere de Weg zeiged, wo us dem grauehafte furchtbare seelische Loch wieder useführt.

De Leichemaa

Do kasch grad mache wa de witt, 's isch halt so; je älter mer wird, umso efters moß mer uf de Friedhof zunere Leich. Mol isches ä Beerdigung, ä ander Mol isches ä Trauerfeier. I beide Fäll hot mer wieder ebber, wo mer guet kännt oder möge hot, zum letschte Mol begleitet. Neilich isch mer oemeds bi sonere Trauerfeier en städtische Bedienschteten, früer hot mer zu dene gset »Leichemaane«, isch mer so en Mensch ufgfalle, der war andersch als sine Kollege. Der isch mit de Kränz umenandgrennt, it emol gloffe, nei der isch würdig geschritten. Der hot sich i de Einsegnungshalle bewegt wie en Minischtrant bime Hochamt. S war en verhältnismäßig junge Maa. Vier Tag druf war d Urnebeisetzung, do hot de gliiche Maa die Urne mit de Asche vu mim liebe Bekannte vu de Einsegnungshalle bis as Urnegrab trage.
Sie isch is Grab vu de Eltere vu mim liebe Bekannte kumme, die Urne. S war scho a kläs Loch vorbereitet urd der städtische Bedienstete, wo mit würdigem Gang die Urne trage hot, wie en Pfarrer d Monstranz z Fronleichnam, der hot etz die Urne so vorsichtig, sogar liebevoll, i des vorbereitete Loch versenkt, daß i nu hon schtaune möße. Er hot sei Mütz abgnumme und sich nomol verneigt, denn ischer zuegloffe und i hinder im her. »Entschuldigung«, honi gset, »aber saged se mir doch bitte, wa sind Sie fir en Landsmann?«
Er hot mi freundlich aaglueget und gmont: »Ich bin Türke!« Er sei scho achtzehn Johr in Deutschland, aber er möcht wieder hom i sei Türkei. Etz honi welle wisse, ob's ihm bi

uns it gfallt, no hot der Türke gmont, 's hett ihm am Afang richtig guet bi uns gfalle und er hett sich wohl gfühlt, aber i de letschte Johr sei's kalt wore bi uns. Etz honi welle wisse, wieso, und denn hot mir der türkische städtische Bestattungsbedienschtete verzellt, er sei en Muslim und die Atmosfäre rings um ihn rum, die sei nume so, wie se früener war. Uf em Friedhof dätet se d Blueme klaue, dätet d Hund sogar uf fremde Gräber schieße lo, dätet mit de Hand im Sack uf dem Friedhof rumlaufe und hetted kaum meh Reschpekt vor de Dote und de Gräber. Er dät all wieder beobachte, wie d Leit iber d Gräber laufed oder uf de fremde Gräber rumschtond, wenn se ä Grab vume Angehörige richte dätet. Des wär i sinere Heimat undenkbar. Wenn ebber iber ä Grab laufe oder uf eme Grab rumschtoh dät, und me dät en do debi verdwische, den dät mer bi ihm dohom dotschlage. Bi uns sei alle Würde verschwunde. Mit de kürzeschte Miniröck dätet se uf dem Friedhof rumlaufe, wie wenn se uf de Schtrich wetted. Des sei bi ihm dohom andersch. Und wer uf em Friedhof vor de Verstorbene kon Reschpekt meh hett, der wär au ußerhalb vum Friedhof, im effentliche Läbe, en kalte Typ.

Nadierlich gibt's au die andere, hot der Türke gmont, aber sie wäred immer seltener, die andere. I hon do weng verläge zu dem wunderbare Maa den alte Schpruch gset »S'giit halt sotte und sotte, aber hüt leider meh sotte als sotte!« Er hot verschtande, weil er zu allem andere ane au en intelligente Kerle isch, der türkische städtische Friedhofsarbeiter. Mir hond enand fescht d Hand gäe. I hon ihm alles Guete fir sei Zuekunft gwinscht. Denn bin i is Auto gsesse und homgfahre uf Singe, aber die Begegnung mit dem Mensch, wo so vill Würde usgschtrahlt hot, die isch mer nochgange, und zwar so fescht, daß i hon driber schreibe möße. Nix fir unguet, aber vielleicht denkt no ebber weng driber noch. Hot er it ä verdammt guets Gschpür, der Gaschtarbeiter?

De Hellerer

De Hellerer isch it seller Hellerer, wo ihr känned. I mon de Walter Hellerer vu Glotzstette, den kenned ihr it, aber i kenn'en. Sogar guet kenn'en i. Wenn der wüßt, wie guet i ihn kenn, des dät den garit freie. Aber ihr kenned Mannsbilder, die hond vill Ähnlichkeit mit dem Walter Hellerer, wo i kenn, weil de sell Hellerer en Typ isch, wie vill umenand laufed, it nu z Glotzstette. Aber äbe grad z Glotzstette, do isch er de Kas, de Hellerer Walter, do isch er de Gröscht, und er duet au so, wie wenn er de Gröscht wär. S ghört ihm vill, und wem vill ghört, vor dem hot mer bi uns Reschpekt. Des fangt scho a bim Auto. Wer ime Schlitte fir hundertfufzgtaused Mark umenand fahrt, der moß ebbes bsunders sei, des sind die Wertvorschtellunge, wo mir heit hond.
Daß die vier Räder vu dem noble Auto uf vier Wechsel laufed, des sieht mer jo it, und daß des schäne Hus, wo der Nobel-Auto-Besitzer dinne wohnt, daß des no nie ihm ghört hot, sondern de Bank, des sieht mer dem Hus it a, und äbe sellem Hellerer Walter sieht mer halt au it a, daß er Schulde hot wie Scheiterbeige, und daß ihm so guet wie garnix ghört, denn wenn morge sei Sparkass de Hahne zuedrille dät, no wär de Hellerer Walter nume de Käs, no dät er nu no wie de Käs schtinke. Aber z Glotzstette woß näermerd ebbs Genaus iber de Hellerer, nu de Schef vu de Sparkasse-Zweigschtell, und des isch en Kegelbruder vum Hellerer. Der schweigt nadierlich wie ä Grab, weil er mit em

Hellerer keglet, weil er mit ihm per du isch, und weil sei Sparkass vor allem vu sellene läbt, wo so tond, als hetted se's, wo aber im Grund gnumme nint hond, ußer en Hufe Schulde. Zudem ka die Sparkass scho weng großzügig sei, weil de Hellerer no sei Mamme hot, und do isch no weng Sach do. Do rechnet de Hellerer nadierlich au demit, aber er vergißt alleweil, daß do no sine Gschwischter sind, und er glaubt fescht dra, daß er mol alles kriegt, wenn d Mamme d Auge zuemacht. De onzig Mensch ußerm Schef vu de Sparkasse-Zweigschtell, wo au scho lang dehinder kumme isch, daß der große Fueß, uf dem de sell Hellerer läbt, daß des nix anders isch, als ä Prothese, oder besser gset, en Holzfueß, der onzige Mensch, des isch im Hellerer sei Frau. Ä richtig herzigs, liebs und normals Weibsbild, aber die macht was mit mit ihrem Maa. D Rechnunge loht er liege, d Konto-Auszüg macht er glei garit off, und sin Nobelschlitte fir hundertfufzgtaused Mark isch sei ein und alles. Wenn er i dem mit sinere weiße Sportkappe durch Glotzstette fahrt, no saged se reschpektvoll, er sei halt de Gröscht, de Hellerer Walter, er sei de Käs z Glotzstette.

Ab und zue rueft aber mol ebber a bis Hellerers und frogt weng schtreng, wenn eigentlich endlich mol sei Rechnung zahlt wird. Denn wird d Frau Hellerer verläge und mont ganz leise, die sei halt vergesse wore und mer soll au entschuldige. Wenn se denn ihrem Maa, im Hellerer Walter, des mit dem Telefon verzellt und frogt, wenn und mit wa er die Rechnung endlich zahle will, denn lacht de Hellerer nu und set sin Standard-Satz, nu ko Sorg, »i hon alls im Griff!« Alls im Griff hot er, de Hellerer, und sei Frau woß, und de Schef vu de Sparkasse-Zweigschtell woß es au, daß er nix im Griff hot, de Hellerer, daß mer umkehrt ihn im Griff hot. Drum sott mer uf de Huet sei vor sellene, wo bei jeder Glägeheit behauptet, sie hetted »alls im Griff«. Sottene giit's nämlich it nu z Glotzstette.

LKW-Hänger

Uf em Weg a de Briefkaschte, kone fufzg Schritt weg vu unserm Hus, isch ufere Schtroßekreizung en mordsmäßig große LKW gschtande und Schtucke zeh Meter hinder ihm de Ahänger dezue. Etz isch der LKW ruckwärts gfahre, damit er sin Ahänger ahänge ka. Drum heißt der Ahänger nämlich so, weil mer'n a de LKW ahänge ka. Weil's mi intressiert hot, wie der Fahrer des macht, weil nämlich weit und breit kon Mensch gsi isch, wo ihm hett helfe känne, bin i uf em Trottwa schtohbliebe und hon zueglueget und so bi mir denkt, etz mecht i nu wisse, wie der Mensch die zwei riesige Kärre anenand bringt, ohne daß em ebber hilft. Der Fahrer hot i sin Rückschpiegel glueget und isch ganz, ganz langsam rückwärts gfahre, und zwar so präzis, daß die Kupplung vum Laschtwage, wo grad zwanzg Santimeter groß isch, i die Schtange vum Ahänger ine paßt hot. S hot klick gmacht, und de LKW und de Ahänger wared zamme. Mir isch de Underkiefer abekeit, so war i perplex. Daß me mit some Riesekarre so exakt ziele ka, des war mir neu, so ebbes honi no nie gsäne. Der Fahrer isch denn us sim Führerschtand abe gjuckt und i hon nu zunem gset: »Etz losed Se mol, Maa, Sie sind jo absolute Schpitze, Sie kännted sich jo bi WETTEN DASS melde, Sie sind jo en Kinschtler, also so ebbes honi etz au no nie erläbt!« Etz hot der LKW-Fahrer so ebbes wie s Leuchte ibers Gsicht kriegt und hot gmont: »Also des isch mir etz au no nie passiert, daß en Mensch schtande bleibt, bi me Ahäng-Mannöver und zu mir sagt, des sei guet, was i do gmacht hon!« Und scho wared mir zwei z'mitte dinne ime Gschpräch, wo ko Gschwätz war, sondern ä kurze Underhaltung mit vill Tiefgang. S isch en Schwob gsi, der Fahrer, en Oberschwob sogar, denn er isch vu Ulm kumme. Er sei acht Johr a de gliiche Schtell gsi, und etz hett en Freund den LKW kauft, und denn hett er denkt, gohsch halt zu dem. Do sei er aber vum Räge ine Traufe kumme. Des gäb's doch it, daß mol ebber zu om sage dät »wa Sie mached isch guet«.

Des hett ihm etz grad wohl tue, daß ihm ebber zuelueget und denn au no sagt, sei Arbet sei Schpitze! Wenn er etz heit Obed ge Ulm käm, no dät's bloß wieder heiße: »Wo schtecksch au so lang.« Kon Mensch gäb om mol ä guets Wort, a kläne Anerkennung. Mer tei all nu no vu Leischtung schwätze, und de Mensch sei Näbesach. Drum hett ihm des etz so guet tue, wa i zunihm gset hon. Etz honi ihn weng tröschtet und gmont, des sei it nu bi de LKW-Fahrer so, des sei iberall s Gliich. S isch no nie so vill vu und iber die sogenannte Kommunikazion gschwätzt wore wie etz grad. Dauernd schickt mer jeden kläne Furzknote vu Vorgsetzte uf en neie Kurs, uf neie Tagunge und neie Workshops und blost ene Psychologie is Hirn, und wenn se hom kummed, sind se no bleder als vorher. Sie kommuniziered mit ihrne Compjuter und schicked Fax umenand, daß de Droht raucht. Denn mached se Konferenze mit de Mitarbeiter und schwätzed und schwätzed. Daß se aber mol zu sellem und sellem sage däted, daß des richtig guet isch, waner macht, des fallt doch hüt kom meh im Schlof ei. Jesses, hot des den Maa gfreit, wani do gset hon. Er hot mer nu d Hand druckt, isch ufgschtiege i sin Führerschtand, hot zum Grueß nomol uf d Hupe druckt, mir gwunke und isch zuegfahre. Und i hon so s Gfihl ghett, daß des ä saumäßig guets Gschpräch gsi isch, wo mir zwei mitenand gfihrt hond, und noch me guete Gschpräch hot mer meischtens au ä guets Gfihl!

Roseverkäufer

Also, des mit dere Wirtschaft isch denn scho ä komplizierte Sach. I mon nadierlich it de Sterne, de Adler, s Rössle oder de Löwe, nei, wa mir alleweil scho ä Buech mit siebe Siegel gsi isch, selle Betriebswirtschaft und ersch recht die Volkswirtschaft. Die Betriebswirtschaft isch des Geheimnis, wie me en Betrieb fihrt, ohne daß er scho noch de erschte Bilanz s Loch nab goht. Wemmer aber mol weng nöcher annelueget, wievill Betrieb etz grad i unsere Zeit s Loch abe gond, denn hot mer so s Gfiihl, als wär die Volkswirtschaft en Schweizerkäs. De sell beschtoht jo au nu us luter Löcher und weng Käs drumrum. Dodemit wett i sage, daß d Volkswirtschft dodefir do isch, daß ime Schtaat alle Bedirfnis so greglet wäred, daß der Schtaat it pleite goht und daß d Mensche Arbet und Brot hond und daß äbe au die Betriebe so exischtiere känned, daß se it umwerfed und die Agschtellte und Arbeiter it arbeitslos wered.

Die ganze Zämmehäng sind firchtig kompliziert, und i hon se no nie verschtande. Nu des verschtand i, daß etz grad de Wurm dinne isch, drum schtoht au uf allene Ware, wo in Deutschland produziert wäred: »Made in Germany.« Doch, doch, do sind d Made ghörig dinne, und ä schäne Porzion vu dem Durenand goht ufs Konto vu de sogenannte Menschlichkeit. Wenn ä Betriebs- und ä Volkswirtschaft ufs Mol nume menschlich isch, wenn nix meh gilt, wie nu no de

Zaschter, de Glotter, no wird's finschter. Zwar it fir die selle, däne wo de Scheiß berguf lauft, und die, wo nie gnueg kriege känned, aber fir Millione andere, wo dodebei uf de Schtrecke bliebed.

Jede Tag ka me i de Glotze säne, daß i irgend onere Stadt demonschtriert wird, nu hört me selte, daß die Kragelerei ebbes änderet, au wenn se no so professionell gmachte Transparent und Plakat umenand traged. Mer sott de Mensch ändere känne, aber mer ka's leider it. Mer sott ihm ä Herz us Fleisch inepflanze känne und sell Herz us Schtei use näeh, aber mer ka's it. Mer känt a de Welt verzweifle, wemmer sieht, wa de Mensch fir technische Fortschritt macht und daß d Mitmenschlichkeit uf weiter Schtrecke hinderse anschtatt vörsi goht. Die sogenannte Kläne sind au it besser wie die Große, nu hond die Große meh Eifluß oder meh Macht als die Kläne.

Wenn aber selle Macht hond, no sind se wieder wie die Große. I minere Wirtschaft, wo i als mol sitz, kummt alle Obed en junge Kerle mit eme Pack Rose im Arm und hofft, daß en Gascht fir sei Frau, sei Freundin oder eifach nu so one kauft. Etz isch der jung Kerle au no en Farbige, also en Asylant, oder en Student oder suschtwa. Er moß scho ä Sauglick hon, wenn er on findet, wo so ä Rösle nimmt, und wenn denn tatsächlich ebber drei Mark locker macht und so ä Rösle kauft, denn hot er dem farbige junge Kerle ebbes zum Verdiene gäe. Denn moß er aber mol lose, wa die Nichtkäufer dem Rösleküfer verzelled, wa des fir Kerle seied, wo die Rösle verkaufed! »We mer räet lueget, no hot der sin Mercedes inere Seiteschtroß schtoh!« Debei wäred die drei Mark fir so ä Rösle i minere Wirtschaft en Beitrag zu de Weltwirtschaft, weil mer dodemit ä winzig kläs Signal vunere sogenannte Mitmenschlichkeit setze kännt, aber do brücht's ä Herz us Fleisch, und on's us Schtei hond se obe un une, drum ka us dere Wirtschaft nint Gschiids were.

Törichte Jungfrauen

Wemmer ä Führung mitmacht, i om vu däne prachtvolle Minschter, z Basel, z Freiburg oder z Straßburg, do zeiged se om under anderem au die zeh törichte Jungfraue, wie se d Köpf und d Ärm lampe lond, weil se it zum Hochzeitsmahl ine derfed, weil ene s Öl fir ihre Lämple usgange isch. Die kluge Jungfraue hond gnueg Öl mitgnumme, hond aber de törichte it vu ihrem Öl gäe welle, weil se Angscht ghett hont, 's dät fir sie it lange, wenn de Bräutigam no lang it kunnt.
Die Gschicht verzellt nu de Evangelischt Matthäus, die andere drei hond do scheinbar nix devu ghört. Heit ibersetzed se des weng moderner: »Mit dem Himmelreich wird es sein wie mit zehn Mädchen ... Fünf von ihnen waren einfältig, fünf klug.« Schtatt Jungfrauen saged se etz Mädchen, und töricht ibersetzed se mit einfältig. Des isch so ä klassischs Beischpiel, daß ä moderne Schproch it besser isch als ä alte. Mädchen sind Mädle, und Mädle sind halt kone junge Fraue. Der Usdruck »Jungfrau« sagt doch vill meh wie »Mädchen«, wemmer mol vu dem Begriff »Jungfräulichkeit« absieht.
Die Jungfrau isch ko Mädle meh, aber äbe au ko alte Frau, und ob »einfältig« besser isch wie des guete alte Wort »töricht«, do driber kännt meh lang schtreite. Einfältig tönt scho weng noch bled, aber töricht isch s Gegeteil vu klug. Mer ka intelligent sei bis dertnaus, me bliibt aber töricht, wenn om

d Klugheit fehlt! Bi de Uslegung vu dem Gleichnis scheided sich heit bereits au d Geischter, und wie sogar. Die klassische Pfarrer sind all no fescht dere Iberzeugung, daß es schwer sei, alleweil »auf das Kommen des Herrn zu warten«, aber des möß me äbe ushalte, und ufs »Bereitsein« käm halt alles a, des känn näermerd uf uns ibertrage, wenn mir do devu z'wänig hetted.

Des sei ko mangelnde Kameradschaft, wenn die kluge Mädle vu ihrem Öl nix hergäbed, sondern wenn om die eige Entscheidung fehle dät, des möß eifach i de persönliche Verantwortung bliibe!

Also, wenn i dodezue ebbes sage mößt, no dät i wieder des Kirchelied zitiere, wo's heißt: »Wie du warsch vor aller Zeit, so bliibsch du in Ewigkeit!« Die neumodische Pfarrer sind do Gott sei Dank anderer Meinung. Sie moned nämlich, mir Chrischte mößted uns endlich mol dra gwöhne, daß mer it elei oder nu im Gleichschritt mit unsere fromme Gemeinschaft i de Himmel marschiered, sondern daß mir enand mitnähmed, jeder jeden. Vor allem seied mir au verantwortlich fir selle, däne wo's Öl fir s Lämple usgange isch.

Klugheit isch zwar ä Kardinaltugend, wemmer aber alle ufs Mol nu no klug wäred, no dät d Welt no gar verfriere, 's isch so scho kalt gnueg. Vielleicht oder wahrscheinlich liit des am End sogar grad do dra, daß jeder druf lueget, daß sei Lämple brennt, daß er gnueg Öl debi hot. »Einfältig« oder bled sind halt selle, däne wo s Öl usgange isch. »Töricht« sind also selle, wo de Docht nu no glimmt. Debei hot de Matthäus selber de Profet Jeremia zitiert, wo's heißt: »Er löscht den glimmenden Docht nicht aus!« Schad, daß me mit em Matthäus nume schwätze ka, viellicht dät er sage: »Dunderwetter, 's giit it nu kluge Jungfraue, 's giit au kluge Jungmänner!« No mößt i allerdings zunem sage: »O Matthäus, zu sellene ghör i scho lang nume!«

 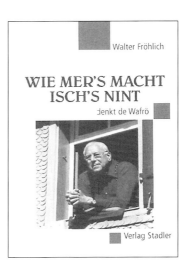

Broschur, 144 Seiten,
Format 13,5 x 19,5 cm
DM 24,80

Broschur, 128 Seiten
Format 13,5 x 19, 5 cm
DM 24,80

Im Buchhandel erhältlich

Für Herbst 2001ist eine Kassette in Vorbereitung mit den Wafrö-Titeln: „Filusofisch", „S Bescht und s Schänscht vum Wafrö", „S wird all bleder", „ Wie mer's macht isch's nint", „So isch worre"

Verlag und Vertrieb:
Stadler Verlagsgesellschaft mbH 2001
Max-Stromeyer-Straße 172
78467 Konstanz
E-mail: info@verlag-stadler.de

© Copyright by:
Verlag Friedr. Stadler
Inh. Michael Stadler

Umschlaggestaltung Barbara Müller-Wiesinger
Fotos Hella Wolff-Seybold

ISBN 3-7977-0465-8